KB151940

노벨문학상 메달의 뒷면에는
예술과 학문의 여신 뮤즈와
작가가 함께 새겨져 있습니다.

미루다가

영영
못
읽을까봐

다음에

읽어야지

미루다가

오늘이 됐다.

@독서_테라PICK

좋아요 1,901개

#노벨문학상 #소설 제목만 알기엔 너무 좋은 소설들

읽지 않은

책에 대해서도

말할 수 있도록

#노벨문학상 #수상작 그 책을 읽기 전에 알면 좋은 사실들

당신을 독서로

이끌어 줄

여섯 번의 수업

@독서_테라PICK

#노벨문학상 #강연 교수님이 들려주는 노벨상 문학 이야기

미루다가

영영
못
읽을까봐

강연으로 쉽게
시작하는
노벨문학상 읽기

한국근대문학관 The Museum of Korean Modern Literature ✕ ●홍시

차례

개인적인 체험을 거듭하는 가운데
혼자 그 체험의 동굴 속으로
깊이 깊이 들어가면
그 끝에서 인간 모두를 위한
진실된 전망이 보이는 샛길로
나아갈 수 있을까.

#파헤치다 #고백하다
#폭력 #욕망 #차별 #구원 #인간의_심연
#선과_악 #자랑과_수치 #궁지에_몰린_현대인

오에 겐자부로

무덤은 죽은 자에게 키스하지 않는다.

따라서 그녀는 죽은 아기에게 키스해선 안 된다.

반면에 무덤은 죽은 자를 꾹 누른다.

그녀 역시 아기를 꼭 껴안는다.

#고발하다 #증언하다 #독재 #불평등

#식민체제 #초현실주의 #세련된_잔혹함

#오싹한_생동감 #참여문학과_전위주의의_양립

미겔 앙헬 아스투리아스

그들의 울음과 비명을 극화해서는
안 된다는 걸 잘 안다. 그러지 않으면
그들의 울음과 비명이 아닌,
극화 자체가 더 중요해질 테니까.
삶 대신 문학이 그 자리를 차지해버릴 테니까.

#기록하다 #채록하다 #목소리
#논픽션 #르포르타주 #재난 #전쟁 #여성
#민낯을_기록하다 #비극_이후의_삶
#영혼이_느껴지는_산문

스베틀라나 알렉시예비치

영리한 사람들은 인생이 아름다운 것이며,
인생의 목적이 행복이라는 것을 잘 알지.
그런데 나중에는 바보들만 행복해져.
이것을 어떻게 설명하지?

#불러내다 #묘사하다 #이스탄불 #문화충돌
#동서양 #크로스오버 #신의_관점
#회화와_문학의_만남 #소설의_확장

오르한 파묵

라일라야, 너는 아직 어리니까
조금씩 세상을 알아나가기 시작할 거다.
그러면서 이 세상에는 도처에
아름다운 것들이 많다는 걸 알게 될 테고,
멀리까지 그것들을 찾아 나서게 될 거야.

#모험하다 #꿰뚫어보다
#생명력 #자유 #난민 #평등
#이민자_이야기 #제3세계_시선
#원초적_세계 #자연_예찬

르 클레지오

우리의 신은 아브락사스라고 합니다.

그는 신인 동시에 사탄이며,

자신 속에 밝은 세계와

어두운 세계를 지니고 있습니다.

아브락사스는 당신 생각의 어느 하나도,

당신 꿈 중의 어느 하나에도

결코 반대하지 않습니다.

#각성하다 #설파하다 #단일성

#합일 #조화 #동양사상

#두_개의_세계 #양극적_전일사상

#모든_것은_하나

헤르만 헤세

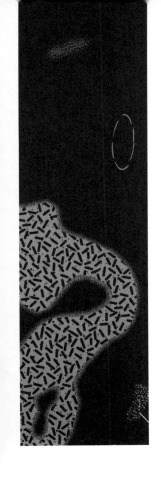

인간의 심연을
마주하는 자

오에 겐자부로의
개인적인 체험과 희망의 원리

심원섭

오에 겐자부로. 한국에 굉장히 많이 소개된 작가입니다만, 보통 일본에서도 손쉽게 술술 읽혀지는 작가로 통하지는 않습니다. 서점에 전시되어 있는 책도 많다고는 할 수 없습니다. 그러나 이분에 대해 일본인이 느끼는 존경의 열의라고 해야 할까요? 그런 것의 수준은 굉장히 높아요. 사회적으로 존경받으며 또 많은 작품들을 쓰고 있고, 노벨문학상 수상 작가이면서도 대중적인 친숙도는 떨어지는 그런 작가라고 생각합니다.

저는 오에 겐자부로의 초기작에서 중기작으로 넘어가는 과정에 대해 연구해본 적이 있습니다. 초중기 창작 시기에 사적인 세계로부터 보다 높고 넓은 정신적 단계로 비약하는 극적인 과정이 있었다는 전제 하에 오늘 강연을 열어보도록 하겠습니다.

심연이란

'인간의 심연'이란 뭘까요? 강연의 제목에도 쓰였지만, 실은 추상적이고 형이상학적인 말이 되기 쉽습니다. 그러나 제가 얘기하고자 하는 바는 전혀 안 그렇습니다. 아주 실질적인 이야기를 하려고 합니다.

'인간의 심연'이라 하면 왠지 멀고 아득하게 느껴지죠? 표현을 조금 바꿀까요? 다시 말하면 '자기 속의 심연'이에요. '나' 속의 심연. 그 끝을 알 수 없이 불투명하고 뭔가 감춰져 있는 밑바닥. 정체를 알 수 없는 것. 혹은 알고 싶지 않아 하는 것. 그러나 알아야 하는 것. 중요하긴 한데 왠지 들여다보기 두려운 것이란 이미지가 있죠.

우리 각각의 심연 속엔 무엇이 있을까요? 저의 심연 속에는 여러 가지 항목의 '보물'들이 많이 있습니다. 죽을 때까지 얘기할 수 없는 것도 있어요. 제 나름의 부끄러운 과거들, 꺼림칙한 것들, 애써 합리화하고 있는 것들이 저라는 인격의 저 바닥 컴컴한 곳에서 휴식을 취하고 있습니다. 제가 스스로의 심연을 들여다보자면 절대 쉬운 일은 아닐 겁니다. 사람들은 자기 스스로 그 정체를 정면에서 바로 보기 두려워하는 어떤 것들을 가지고 있습니다. 여러분도 동의하시나요?

네. 그게 인간이죠. 그러니까 인간은 풍요한 선과 악, 기쁨과 슬픔, 자랑과 수치, 이런 것들이 들끓는 용광로 같은 공간을 좁은 마음속에 가지고 있는 그런 존재일지도 모르겠어요. 심연이란 그런 의미입니다.

오에 겐자부로는 우리 각자가 가지고 있는 마음속의 비밀스러운 일들, 보통 사람들은 잘 보려고 하지 않는 부분을 아주 잘 보는 사람입니다. 그리고 그것을 잘 파헤쳐서 드러내는 작가이지요. 남이 아니라 바로 자기 자신을 긁어내고 드러내는 사람. 이런 의미에서 오에 겐자부로는 '인간의 심연을 마주하는 자'입니다.

사람들은 하기 싫어하는 작업입니다. 웬만한 지식인이나 작가도 자기 문제는 건드리지 않으려 하는 법이거든요. 그런데 원래 일본문학에는 자기 얘기를 적극적으로 하는 전통이 있어요. 자기를 까발리는 전통이라고 할까요? 단순히 폭로하는 게 아니고 인간 존재를 보다 더 깊게 이해하려는 진리 추구의 정신이 동반됩니다. 오에 겐자부로의 정신세계도 물론 이와 관련이 깊습니다.

부제에 쓴 오에 겐자부로의 '개인적인 체험', 이것은 그의 작품명이기도 합니다. 대중적인 친숙도도 높고 작품성과 사상성도 아주 뛰어난 작품입니다. 중간에 읽기 괴로운 부분도 많지만 꼭 읽어보세요. 오에 겐자부로 작품 중에서 대표작을 단 하나 뽑으라면 저는 이 작품을 꼽습니다. 우리네 고달픈 인생에 하나의 등불이 되어줄 거라고 생각하거든요.

노벨문학상 수상 소감

오에 겐자부로는 1994년 노벨문학상을 수상합니다. 수상 이유는 이렇습니다. "시적인 언어를 사용하여 현실과 신화가 아우러진 세계를 창조했다. 궁지에 몰려 있는 현대인의 면모를 독자들을 당혹시킬 정도로 구체적으로 깊게 묘사하였다." 이렇게 들어도 별로 실감은 안 나시죠? 이분의 글에는 상상력이 아주 독특한 부분이 있습니다. 어떤 작품은 아주 현실적이고 어떤 작품은 SF 소설처럼 환상적인 느낌을 줍니다. 아울러 구사한다고 할 수 있지요. 그런 점 때문에 '현실과 신화가 공존하는 세계를 창조했다'는 평가를 받는 게 아닐까 싶습니다.

'궁지에 몰려 있는 현대인의 면모'라는 표현은 어떻게 느껴지시나요? '왜 현대인이 궁지에 몰려있어? 나는 이렇게 행복하게 사는데.' 이렇게 생각하는 분은 아주 훌륭하게 살고 계신 겁니다. 하지만 그렇지 못한 이들이 참 많죠. 이러저러한 일로 인해 쫓기고 궁지에 내몰리고 괴로움 속에 사는 우리들. 수없이 많은 이유로 인간에게 찾아오는 고통과 재앙. 오에 겐자부로가 주목하고 있는 것은 이러한 인간의 고통들입니다. 그리고 독자를 놀래킬 정도로 구체적으로 묘사하지요.

초기 소설들을 읽어보면 당혹스러운 부분들이 많습니다. 아주 진하게 폭력적이고 성적인 묘사로도 유명하거든요. 인간이 가지고 있는 악마적인 부분 중에 대표적인 게 두 가지죠. 폭력과 성性. 악마적이라는 건 이것들을 인간이 너무너무 좋아한다는 뜻이기도 합니다. 예를 들어 '갑질' 아시지요? 당하는 것 말고 휘두르는 입장의 갑질이요. 해서는 안 되는 일이지만 실제 인간은 어때요? 갑질하는 재미로 살잖아요. 안 그렇습니까? 너무너무 즐거우니까 끊이질 않는 겁니다. 상대방에 비해 내가 우월하다는 것을 현실에서 확인하는 것. 그때 만족감을 맛보기 때문이지요.

오에 겐자부로는 다양한 종류의 폭력을 다룹니다. 개인적 폭력, 국가적 규모의 폭력, 폭력과는 거리가 멀어 보이는 선량한 마을 사람들의 집단 차별 등등. 폭력이라는 문제에 아주 예민하고 특출한 감각을 가지고 있어요. 성 문제는 특히 리얼하고 구체적입니다. 거기에 아주 천착해서 '치한'을 다룬 소설을 쓰기도 했습니다. 뒤에서 소개해 드리겠습니다.

오에 겐자부로는 노벨문학상 수상 소감에서 이렇게 밝혔습니다. "일본은 기술과 경제가 발전 중이나, 보편적 가치가 포함되어 있는 유럽식 인문주의의 전통을 육성하는 면에서는 뒤떨어져 있다." 신랄하게 평가를 하였지요. 오에 겐자부로보다 먼저 노벨문학상을 받았던 일본 작가는 다소 잘난 척을 했어요. 일본적 미가 어쩌고 하면서 말이죠. 이 양반은 오히려 '일본은 그런 나라 아니올시다. 후진국이올시다.'라고 비판한 겁니다. 인문주의를 육성해야 한다는 것, 그리고 전쟁하지 않겠다는 비전과 결의만이 중요하다고 공표했습니다.

지금도 남과 북이 무력으로 대치하고 있는 우리 상황에서 부러운 얘기일지도 모르겠습니다만 일본은 아직 평화헌법이 살아 있습니다. "전쟁하지 않는다." 이것이 지금 아베 정권 하에서 정치적 분쟁 이슈가 되어 있지 않습니까? 하지만 전쟁만은 안 된다고 하는 지식인의 목소리나 시민운동의 뿌리가 상당히 깊습니다. 거기에는 과거에 전범국이었던 문제, 원폭 문제가 중심에 있는데요. 수상소감에서도 경고를 한 셈입니다. 이 작가의 사상적 경향이 어떤지 조금은 윤곽이 잡히시지요?

그리고 마지막으로는 "황폐해가는 일본의 정신문화 속에서 나는 고통을 직시하며, 문학을 통한 치유, 이것을 평생의 과제로 추구해갈 예정"이라고 말했습니다.

읽기 전에 생각해 볼 문제

우선 몇 가지 실감나는 과제를 여러분과 같이 해볼 예정이에요. 제 이야기를 듣고 함께 답을 생각해 봅시다.

첫 번째 과제입니다. '나'는 30대 남성이고 학원 강사로 일하고 있어요. 올해까지만 일한다 생각하고 있었는데 어쩌다 보니 결혼을 했어요. 그리고 직장에서 잘렸어요. 그 와중에 아내가 출산을 했어요. 그런데 태어난 아이는 두뇌 일부가 머리 바깥으로 빠져나온 소위 기형아였습니다. 병원에서는 얼마 가지 않아 죽을지도 모르고, 수술을 할 수 있을지 없을지도 잘 모르겠다고 말합니다. 며칠 후에 사망할 가능성이 높다고 했는데, 무슨 일인지 아이는 버티고 있어요. 대체 어떻게 해야 할까요?

지금 여러분은 도덕적인 척하실 필요 없습니다. 있는 그대로 드러내 보십시다. 우리의 윤리적 가능성을 위아래로 더 오픈시켜 봅시다. 밑바닥에서 출발해 보는 겁니다. 이 아이, 어떻게 될지 모르지만 만약 살아남아 계속 키우게 된다면? 죽을 노릇이죠. 앞으로 부부의 인생은 상상도 해본 적 없는 곳으로 흘러갈 것입니다. 이것은 아까 오에 겐자부로가 말한 '인생의 심연'입니다. 소리 없이 기다리고 있다가 어느 순간 우리를 어두운 구멍 속으로 빨아들이는 '인생의 심연'. 과연 나라면 어떻게 할지 생각을 좀 해봅시다.

두 번째 과제입니다. 어느 도시에 대화재가 발생했습니다. 얼굴이며 온몸에 치명적 화상을 입은 사상자가 수천 명 생겨납니다. 죽을 때까지 치료를 받아야 합니다. 내상도 심하기 때문에 수명도 짧습니다. 그 안에서도 여성들의 삶에 잠시 주목해 봅니다. 일부는 자살했습니다. 남은 여성들은 이 도시 구석구석에 숨어 살고 있습니다. 그들에게 남은 삶은 과연 어떤 것일까요? 원폭 이후 히로시마의 얘기입니다.

여러분도 동의하시겠지만, 인간은 자기가 살아가는 이유를 필요로 합니다. 거기에 기대서 살아가는 법이죠. 또한 각자 자기가 삶에서 중요하게 생각하고 있는 부분이 있고 그걸 기준으로 세상을 양분해서 바라봅니다. 특히 절박한 지경에 몰려있는 사람은 더합니다. 세상을 단순화시키고 이원화시켜서 바라봅니다. 그 속에서 내가 우등한 존재에 속하느냐, 열등한 존재에 속하느냐에 목숨을 걸죠. 화상을 입는 바람에 피부가 축축 늘어져서 원상복구가 불가능한 사람, 괴물이라고 불리우는 사람, 인생의 모든 즐거움이 일시에 상실된 입장에 처한 사람들은 뭘 기준으로 이 세상을 바라보았을까요. 그녀들은 무엇에 기대서 자신의 생존 본능을 유지하려 했을까요. 살아가는 이유, 존재 이유를 어떻게 설정했을까요. 더 이상의 치료도 할 수 없고 남은 수명을 늘릴 수도 없는 그녀들의 삶은 비참한데 말이지요. 사는 길을 택한 그녀들은 세상을 어떻게 바라보았을까요?

이런 물음이 오에 겐자부로가 작품에서 던진 것들입니다. 그가 이것을 어떤 이야기로 들려주는지 봅시다. 운이 좋으면 그 속에서 우리가 어떤 열매를 거둘 수도 있을 것입니다.

문체와 소재, 창작 방법

오에 겐자부로의 작품 세계를 낱낱이 읽기 위해 요소를 파악해야겠습니다. 우선 문체를 얘기해 봅시다. 다른 사람들도 그렇게 말합니다만, 이분의 문체는 정상적인 일본어 리듬을 파괴하는 거칠고 단조로운 만연체입니다. 소위 읽기 더러운 문체라는 뜻이죠. 의외로 대작가나 학자 중에 그런 분들이 꽤 있습니다. 물론 그렇다고 그게 필수조건이란 뜻은 아닙니다.

다음은 작품의 소재를 볼까요. 성과 폭력. 말씀드렸듯이 오에 겐자부로의 장기입니다. 파렴치한 세계, 인간의 파괴적 욕망, 자기 억압, 위선, 소통의 장애, 냉소적 인간관계, 그리고 아까 말씀드린 심연, 재앙, 불행 등입니다. 현대인의 보편적 문제를 독자들이 당황할 정도로 깊게 파헤쳐 드러냈다는 건데요. 거기에서 출발해 인간의 불행과 고통을 휴머니즘과 희망의 원리로 발전시키는 것이 특징이라고 얘기할 수 있습니다. 노벨문학상 수상 이유가 이와 관련이 있다고 생각합니다. 작품 속에 나오는 '심연'의 정의를 한번 읽어볼까요.

암흑의 심연은 이 현실 세계 곳곳에 펼쳐져
침묵을 드리우고 있다. 현실 세계는 그 곳곳의 심연 밑을
향해 깔때기 모양으로 경사져 있다. 민감한 이들은 자신도
모르는 사이에 혹은 알고 있으면서도 이 비탈 속으로
미끄러져 심연의 암흑 속으로 빠져 들어가
현실 세계의 지옥을 경험하게 된다.

물론 인생은 그렇지 않아, 라고 생각하시는 분도 얼마든지 있을 거라고 생각합니다.

다음으로 작법을 봅시다. 오에 겐자부로 역시 일본 현대문학의 사소설적인 경향을 공유하고 있습니다. 그러나 거기서 그치지 않고 사회적, 역사적 영역으로 확대시키는 게 큰 특징입니다. 오에 겐자부로의 작품은 세계 40여 개국에 번역·소개되었다고 합니다. 세계적으로 읽히는 작가라면 이렇게 사회적, 시대적인 영역을 감당할 수 있어야 하지 않겠습니까?

초기작의 세계

1957년에 「기묘한 아르바이트」라는 작품으로 데뷔를 했습니다. 동경대학교를 다니는 중이었는데, 대학생 작가로 금방 이름을 날립니다. 다음 해에 「사육」이라는 작품으로 일본에서 제일 권위 있다는 아쿠타가와상을 수상합니다. 당시 최연소로 수상한 거였어요.

「기묘한 아르바이트」, 개 잡는 얘기예요. 대학생이 도살장에 가서 알바하는 얘기입니다. 「사자의 잘난 척」, 대학병원 시체실에서 알바하는 대학생의 얘기입니다. 「남의 다리」는 척추가 썩는 병을 가진 병자들이 모여 있는 병원에, 다리를 살짝 다쳐서 들어왔다가 금방 나아서 나간 청년과 다른 환자들 사이에 있었던 얘기입니다.

「사육」은 산골 마을에 추락한 비행기에서 살아남아 포로가 된 미군에 대한 이야기입니다. 마을 사람들의 폭력성이 점차 드러나는 모습을 그리죠. 오에 겐자부로는 전후 민주주의파를 대표하는 작가 중 한 사람인데요. 특히 소년을 화자로 내세우는 방식을 자주 구사했습니다. 화자를 소년으로 내세우면 그 천진난만한 눈 탓에 비로소 비극이 잘 그려지는 이점이 있지요.

그는 전쟁 중이나 전후, 촌락 단위에서 벌어지는 폭력의 문제를 자주 그렸어요. 아주 무서운 작품도 있어요. 「겨울 골짜기」라는 작품에는 군을 탈영해 나온 청년 병사를 동네 사람들이 대나무 창으로 찔러 죽이는 장면이 나옵니다. 뱃가죽 바깥으로 창자가 삐져나온 채로 끌려가서는 고통에 찬 비명을 메아리처럼 지르면서 동네 사람들의 죽창에 의해 죽어가는 장면. 읽으면 아주 불쾌하고 끔찍한 장면입니다. 국가의 이념과 같은 거대하고 폭력적인 사상에 휘말려 있을 때 순박한 마을 사람들이 어떻게 변하는지를 잘 고발한 작품이기도 하죠.

이렇게 활동을 활발히 이어가던 1960년에 결혼했습니다. 젊어서 일본문학 대표단이란 이름으로 중국도 방문했습니다. 이 당시에는 일본 지식인들이 중국을 흠모했습니다. 모택동은 신화적인 이름이었고요. 일본 지식인들의 중국 해바라기 현상이 심했고 북한에 대해서도 굉장히 호의적이었습니다. 지금도 활약하고 있는, 일본의 시대적 양심으로 불린 지식인의 상당수가 당시 중국파, 북한파였습니다. 그런 시대적 배경도 있어 중국을 방문했던 그 시절에 「후퇴청년 연구소」라는 작품을 남깁니다. 1961년에는 유럽을 순방하고 우익 소년의 심리를 그린 「세븐틴」이라는 작품도 발표합니다. 1963년에는 「성적 인간」이라는 작품을 발표했는데 앞서 잠깐 말씀드린, 치한의 심리를 분석한 작품이에요.

이 무렵 오에 겐자부로의 인생을 반으로 뚝 갈라놓은 계기가 되는 사건이 발생합니다. 히카리라는 이름의 아들이 두뇌가 바깥으로 돌출된 상태로 태어납니다. 그 체험을 그린 것이 다음 해에 발표된 「공중 괴물 아구이」인데요. 다소 SF적인 소설입니다. 그리고 또 하나는 『개인적인 체험』인데, 오늘 길게 말씀드릴 작품입니다. 이 『개인적인 체험』으로 신조사新潮社 문학상을 수상합니다. 제가 '강추'하는 작품입니다. 오에 겐자부로가 인간으로서 또 작가로서 엄청나게 비약하는 계기가 된 작품입니다. 자전적 체험이 성실하게 반영되었지요.

『히로시마 노트』라는 작품도 의미가 깊습니다. 오에 겐자부로가 사회적으로 존경받고 있는 이유 중 하나는 단순히 뛰어난 예술가이기 때문만은 아닙니다. 사회적 발언을 적극적으로 하는 작가예요. 지금도 히로시마 원폭 문제, 반핵, 평화헌법 수호운동, 반전운동에 적극적으로 앞장서고 있어요. 그리고 한국의 민주화 운동에도 관심이 깊었습니다. 그래서 한국에도 자주 오시지요. 작품 속에도 한국 사람들이 많이 등장해요.

『히로시마 노트』도 『개인적인 체험』도 스스로의 어떤 체험을 계기로 쓰여지기 시작한 작품이라고 볼 수 있습니다. 『개인적인 체험』은 아들이 태어난 때의 일, 그리고 『히로시마 노트』는 히로시마를 왕래하면서 당시의 히로시마를 그려나간 것입니다.

1969년에는 『오키나와 노트』를 출간합니다. 나중에 오에 겐자부로는 자신의 대표작을 세 개 꼽는다면 그중 두 개는 소설이 아닐 거라고 했습니다. 바로 『히로시마 노트』와 『오키나와 노트』입니다. 두 작품 다 번역이 되어 있는 걸로 알고 있으니 관심 있으신 분들은 읽어보셔도 좋겠습니다.

1970년에는 『핵 시대의 상상력』이라는 책이 발간됩니다. 어떤 작품이 나오느냐에 따라 오에 겐자부로의 삶이 어떻게 흘러가고 있는지도 아시겠죠? 그는 점차 사회문제에 대해 적극 발언하고 행동하기 시작합니다. 1974년과 75년 무렵에는 솔제니친, 김지하 석방 요구 운동을 했고요. 반핵 운동, 평화헌법 수호운동 등으로 꾸준히 이어집니다. 작가가 사회적으로 존경을 받고 있는 이유, 또 이분이 노벨문학상을 수상하게 된 데에는 대사회활동도 큰 근거가 되었으리라 생각을 합니다.

초기작부터 『개인적인 체험』 이전까지

초창기 작품부터 『개인적인 체험』이라는 작품에 이르는 과정을 보면 군데군데 자기 고백적인 내용들이 등장합니다. 사상의 경로를 추정할 수 있는 재료가 되리라고 생각합니다. 데뷔작 「기묘한 아르바이트」, 개 도살장 아르바이트를 다룬 작품에는 이런 구절

이 있습니다.

　나는 정치에 관심이 거의 없었다. 모든 일에 흥미가 없었다. 나는 스무 살이었다. 너무도 인생이 피곤했다.

　인생에 대해서 심도 있는 자각을 한다든지 어떤 진리를 추구한다든지 그럴 때가 아니었다는 뜻이죠. 스무 살 무렵이 그렇죠. 사실 저는 서른 살 무렵도 그랬습니다. 공자님 말씀에 삼십이립三十而立 나이 30세, 움직이지 않는 신념이 서다, 사십이불혹四十而不惑 나이 40세, 무엇에 홀려 정신을 잃지 않는다 이라는데 저는 60세인 지금도 매일매일 흔들린답니다. 형광등처럼 깜빡이고 매일매일 요동치고 순간순간 마음이 흔들리고 그렇습니다. 70세가 되면 종심소욕불유구從心所欲不踰矩라 해서, 마음이 하고자 하는 바를 따라 가면 그저 순탄하고 모든 것이 자유롭다고 했어요. 자기에게도 좋고 남들에게도 다 평화로운 결과가 나온다고요. 이게 말이 됩니까? 사실 그건 보통 사람들 이야기가 아니라 선택받은 특수한 사람, 성인들의 얘기인 거예요.

　「사자의 잘난 척」이라는 소설은 시체안치실에서 아르바이트를 하는 얘기입니다. 동경대생이 동경대 부속 병원 시체실에서 아르바이트를 해요. 알코올 용액 속에 시체를 옮겨 넣는 일이에요.

거기서 많은 시신들을 보죠. 탈영했다가 사살당한 군인, 총상이 남아 있는 어린 소년 등등. 같이 아르바이트를 하는 동경대 여학생이 있는데 그녀는 임신 중이에요. 수술비를 마련하려고 아르바이트를 하고 있는데, 낳아서 키워야 할지 말지 고민하고 있어요. 이상하게 이 얘기는 나중에 오에 겐자부로 본인의 인생에서 재현된답니다.

의대 교수들은, 학생들이 무슨 할 일이 없어서 이런 아르바이트를 하느냐고 타박을 놓아요. 시체실 관리인은 이렇게 묻습니다. "시체 더미 속에서 일해 보니까 희망 같은 거 싹 없어지지? 인생무상하지?"라고 말이죠. 그랬더니 이 주인공은 있는 그대로 솔직하게 얘기합니다.

"희망 같은 거요? 저 없어요."

"잉? 뭔 말이여? 나 절망했어 — 이렇게 부르짖을 나이도 아니잖니."

"전 희망을 가질 필요도 없어요. 어렸을 때 빼놓고는 희망을 갖고 살아본 적도 없고 그럴 필요도 없었던 걸요."

"얘, 허무적이네."

"저는 공부 잘하는 학생이에요. 희망이나 절망 같은 거 생각할 여유 없어요."

아주 쿨하죠? 자기에게 솔직한 거죠. 있는 그대로를 쏟아내는 거예요. 이 시대의 오에 겐자부로는 그랬어요. 자기 자화상을 드러낼 때는 이런 무자각적이고 즉자적인 청년 시대의 내면을 보여주었습니다.

「남의 다리」라는 작품이 있습니다. 척추 카리에스라는 병 때문에 움직이지 못하고 누워있는 소년으로 가득한 병실이 배경이에요. 거기에 다리에 깁스를 한 청년이 들어와요. 완치가 될지 어떨지 전망이 좋지 않았죠. 그 청년이 처음엔 절망을 하지만, 차차 병실에 활기를 불러일으켜요. 그래서 병자 소년들이 이 청년을 다룬 기사를 쓰게 되고, 그 기사가 신문에 납니다. 병동에 활기가 일죠. 청년은 스타가 돼요. 그런데 낫지 않을 것 같다던 청년의 다리가 말끔히 나았어요. 한 소년이 그의 다리를 만져봅니다.

그하고 친하던 소년 한 명이 팔을 내밀며 조심스럽게
말했다.
"형, 다리 좀 만져 봐도 돼?"
녀석은 쾌활한 척하며 소년에게 다가갔다. 소년은 녀석의
다리를 만져보고 조용히 양 손으로 문질러도 보았다.
소년이 집요하게 반복했다. 그 녀석은 숨이 거칠어지다가
갑자기 몸을 빼며 외쳤다.

"그만해! 그만두라니까!"

녀석과 병실 소년들 사이의 균형이 산산조각 났다. 척추 카리에스 소년들과 건강한 녀석 사이를 심술궂은 냉기가 메우고 있었다. 당황한 녀석은 얼굴을 붉히며 소년들과 공통의 표정을 되찾으려 노력하고 있었지만 내민 손은 이미 받아들여지지 않았다.

본심을 들켜서 곤경에 빠진 이 청년은 바로 퇴장해버립니다. 다리가 나았으니까 실은 볼 일이 없는 거죠. 그러니까 곤궁을 당하고 있는 자, 고통을 겪고 있는 자에 대해 우리가 가지고 있는 연민의 이면을 폭로하고 있는 것입니다. 선의의 이면에는 아주 차갑고 이기적인 이해관계가 자리하고 있다는 점을 고발한 것입니다.

이렇듯 오에 겐자부로의 초기 단편 속 시선은 차갑습니다. 세상을 바라보는 눈이 냉소적입니다. 그것도 일리가 있겠죠. '아, 그런가. 인간은 이런 존재구나.' 이런 것을 보여주고 느끼게 하는 것도 문학의 기능 중 일부겠죠. 다음 작품을 보겠습니다.

「성적 인간」이라는 작품입니다. 이거 소재가 진기합니다. 앞에서 말씀드린, 치한이 주인공인 작품이에요. 치한 행위와 관련된 심리를 소상하게 또 논리적으로 그려나가는 게 특징입니다. 소설의 마지막 부분에 이런 얘기가 나옵니다. 소년이 처음 치한으로 '데뷔'할 때의 얘기입니다.

J는 공포감에서 헤어난다. 동시에 그 자신의 욕망도
없어진다. 이미 그의 성기는 시들기 시작했다. 그는 지금
의무감 혹은 호기심에 이끌려 집요한 애무를 계속하고
있을 뿐이다.

치한 소년의 마음속에서 공포감이 없어졌습니다. 왜냐하면
자신의 추행에 상대방 여성이 저항을 하지 않기 때문이에요. 발
각되지도 않습니다. 우리가 생각할 때 치한이 느끼는 극단의 공포
는 뭔가요? 피해자가 소리를 질러서 고발하고 현장에서 체포되어
망신을 당하고, 감옥에 가고, 인생이 파탄나는 것이겠죠.
　그런데 치한 행위를 당한 여성이 묵인을 하니까, 이 치한은 어
때요. 공포에서 벗어나고 안전해졌지만, 욕망이 없어졌어요. 재
미가 없어졌어요. 그래서 그 다음부터 하는 치한 행위는 마치 의
무적으로 하는 성적 서비스 같다고 느낍니다. 마치 상대방을 위해
서 봉사하고 있는 것만 같다는 말입니다.

그때 J는 아, 언제나 마찬가지다. 이런 식으로 모든 것이
용납되고 이 상태를 넘어서 하나의 핵심에 이르는 것이

불가능해지는 것이다, 라는 것을 차갑게 식어오는 머리로
생각하고 있었던 것이다. 그가 치한이 되려고 결심한 날부터
지금까지 같은 일이 수없이 되풀이되어 왔다.

어떤 결론이 날까요? 고독한 소년 치한은 멋진 대사를 읊습
니다.

치한들, 이 도쿄에 수만을 헤아리는 지극히 고독할 수밖에
없는, 마음이 가난하고 공허하며 위험스런 열정에 차있는
일상생활의 투사. 엄숙하기 짝이 없는 줄타기꾼들.

곡예를 하고 있다는 말이에요. 치한들도 괴롭다 이 말이에요.

그들은 서글플 정도의 엄숙한 얼굴로, 절박하고도
우스꽝스러운 모습으로, 지위와 명예를 막론하고 때로는
노골적인 위험 속에 자신을 노출한 채 극히 작고도 하찮은
쾌락을 위해 매진한다. …… 그는 그때까지 생애 속에서
이뤄온 그 모든 것을 위험 속에 노출시켜 버리는 것이다.

의외로 치한 중에는 전문 직종에 속해 있는 사람들이 많대

요. 불량배도 건달도 아니고 번듯하고 안정된 사회생활을 하는 사람들이요. 일상생활의 무게나 중요성에 비하면 치한이라는 행위는 정말 하찮은 거잖아요. 그런데 수만을 헤아린다는 치한들은 거기에 인생 전부를 걸고 있는 거예요. 그렇죠? 참말 어리석은 행위예요.

치한들은 적발되어 처벌당하는 것을 몹시 두려워한다.
그러나 위험이 없다면 그의 쾌락은 없어지고 엷어지고
쇠약해질 뿐이어서 결국 아무것도 아닌 것이 된다.
외줄 타는 이들이 그 모험의 쾌락을 보장받는 것은 금기가
있기 때문이다. 그리고 치한들이 그 모험을 안전하게
성취해내는 그 순간, 긴장으로 가득 찬 전체 과정의
혁명적인 의미가, 그 안정적인 종말에 의해 간단히 날아가
버리고 만다. 결국 아무 위험도 없기 때문에 그때까지
추구해 온 쾌락 밑에 은닉되어 온 진짜 동기인 위험의
감각은 가짜에 지나지 않았다고 치한들은 느낀다.

그래서 다시 또 치한 짓을 한다는 거예요. '나는 절대적이고 이상적인 쾌락을 맛보기 위해서 이 행동에 돌입하게 된 것인데, 왜지? 뭔가 잘못됐어.' 이렇게 생각하면서 다시 시도한다는 것이

죠. 언제까지?

조만간 그들이 체포되어 그의 생애가 위기로 전락하여
그때까지의 가짜 시도가 모조리 진실된 쾌락의 열매로
익기까지.

좀 복잡한 얘깁니다. 오에 겐자부로는 성 욕망의 본질이 어디에
있는가를 본격적으로 다뤘어요. 여기에서 하나의 원리를 발견할
수 있습니다. 쾌락이 극한까지 발전되려면 어떤 조건이 필요합니
다. 쾌락은 무엇에 비례할까요?
'금기'요? 근접했습니다.
'위험성'이요? 그렇습니다. 파멸의 위험성이 클수록 쾌락도 증
가한다는 법칙입니다. 느낌이 오시죠? 가령 돈 많은 사람들이 돈
을 이리도 굴려보고 저리도 굴려보다가 '아이고 심심하다'하던
끝에 도달하는 곳이 어디일까요? 바로 판돈 큰 도박이죠. 가진
걸 다 잃을지도 모르는 그 아슬아슬한 쾌락이 최고로 배가되는
게 도박의 세계잖아요. 그래서들 빠지는 게 아니겠어요? 한편 성
문제에서 아슬아슬한 건 뭐예요? 불륜이죠. '들키면 끝장이야'라
고 생각하면서도 하는 겁니다. 아슬아슬하게 위험한 경계를 넘나
드는 게 재밌는 것이죠. 그게 없으면 불륜은 재미가 없고 시들하

죠. 이 원리 아시겠습니까? 오에 겐자부로는 성이라는 분야에 집 중해서 욕망의 본질을 잘 드러낸 작품을 그려냈습니다.

성과 돈 얘기를 했는데 사람은 권력 또한 너무너무 좋아해요. 내 자신이 파워를 가졌기에 사람들이 벌벌 기는 걸 너무나도 좋 아하지요. 그런 사람은 주변 사람들 보고 이런 생각을 해요. 나는 어쩜 이렇게 착한 사람들 속에 둘러싸여 있을까? 착한 사람들이 주변에 많다는 건 뭘까요. 그 사람들이 내 말을 잘 듣는다는 뜻이 죠. 내 온갖 더러운 짓을 꼭꼭 참고 받아준다는 뜻이에요. 그러니 인간사회에서는 절대적으로 착하다는 말을 쓸 수 없는 것이죠. 누구와의 관계 속에서 착하거나 악하다 얘기할 수 있습니다. 그래 서 그 '착한 사람'한테 나중에 뒤통수 맞기도 하잖아요.

권력욕의 정점은 뭐예요? 그걸 폭력적으로 쓰는 겁니다. 아슬 아슬하거든요. 이것들이 나한테 반항하고 불만을 말하나 안 하 나 보자, 하고 자기 권력을 최대한 행사하는 변태적인 일이 생기 죠. 그게 갑질입니다. 말하자면 우리가 돈과 명예, 성적 쾌락 같은 것들을 지나치게 누리고 있으면 그 순간부터 타락이 시작된다, 이 렇게도 생각할 수 있습니다. 살면서 주변에서 많이 보셨을 거예 요. 갖고 싶어 하던 걸 가진 사람이 점차 이상해지는 현상을요.

개인적인 체험

일본의 한 텔레비전 토론 방송에서 본 것인데요. 지식인들이 나와 역사 문제를 생각해 보는 프로였습니다. '과거와 같은 제국주의 시대였다면 나는 어떻게 했을까' 하는 질문이 나왔어요. 대부분이 '아마 나도 협력했을 것이다'라고 대답했습니다. 아주 솔직한 얘기죠? 그 솔직함을 저는 차라리 존중하고 싶어져요.

그러나 이것은 한편으로 무슨 의미냐면 내가 내 목숨을 내놓고 싸울 만한 가치에 대한 확신이 없다는 뜻이기도 하죠. 어떤 사람들은 자기 목숨을 내놓잖아요. 과거에 독립운동하신 분들은 대단한 분들입니다. 자기 목숨 위에 있는 어떤 가치를 위해서, 거기에 자기의 육신을 붙들어 매고 사신 분들이니까요.

청년기의 오에 겐자부로는 바로 이런 게 자신에게 없었다는 소리를 했습니다. 나는 목숨의 문제를 생각해 볼 정도로 강력한 생의 계기를 만나지 못했다고 고백을 한 거지요.

그런 작가의 작품 세계에 새로운 변화가 생깁니다. 「개인적인 체험」이라는 작품으로 들어가 볼게요. 이 작품의 주인공은 학원 강사입니다. 동경대 출신의 뛰어난 수재였어요. 하지만 생활이 문란해요. 대학원에서 40일 동안 술만 먹고 기행을 저질러서 학교를 그만두게 되고 현재는 학원 강사로 일하고 있습니다. 그러던 중 부인이 아들을 낳았는데, 그 아이는 기형아로 태어납니다.

내 아들은 아폴리네르처럼 머리에 붕대를 감고 찾아 왔다.
내가 알지 못한 전쟁에서 부상을 당하고. 나는 전사자처럼
아들을 매장해주어야만 한다. 버드는 계속 눈물을 흘린다.

새빨간 거짓말입니다. 이것은 자기 아들이 금방 죽을 것을 전
제로 하고 한 말이에요. 미사여구지요. '버드'는 주인공의 별명입
니다. 1960~70년대에는 '새'라는 것이 관념적인 평화나 자유의 상
징으로 많이 쓰였지요. 영화 제목에도 그런 류의 것들이 많았고요.

버드는 자기 생활 내부에 뭔가가 결여되어 있다는 것,
근원적인 불만에 대해 철저하게 생각해보는 것을
회피하고 있다는 생각에 이르렀다.

속에 안고 있는 찝찝한 무언가를 철저히 알아보고 결론을 내
지 않은 채 버드는 여전히 회피하고 있었습니다. 그런데 아들이
죽지 않고 잘 버텨요. 눈물이 나기는커녕 큰일났다는 생각이 들
어요. 비상사태가 벌어진 겁니다. 아비가 소극적인 태도를 취하
자 의사는 그를 비난합니다. "당신은 이 애가 수술을 받고 회복

하는 걸 안 바라오?" 그러니 이 애비가 얼마나 비굴한 느낌이 들 겠어요. 사실은 애가 죽어주기를 바라지만 양심의 가책이 덜 들 게끔 이렇게 이야기합니다. "수술을 해도 정상적인 아이로 자랄 확률이 희박하다면." 하고 꼬리를 내리고 변명을 하면서 어떻게 든 아들을 수술시켜 살리지 않는 방향으로 끌고 가려고 노력해 요. 얼마나 마음이 괴롭겠어요.

버드는 지금 자신이 비열로 내려가는 비탈길로
한 발 내딛었다는 것을, 비열함의 눈덩이가 최초의 회전을
시작했음을 느꼈다. 그 와중에도 그의 열띤 눈은 의사에게
간절하게 애원을 하고 있는 것이다.

그러니 의사가 알아듣고는, "내가 직접 손댈 수는 없소."라고 말해요. 의사도 이 젊은 애비가 무엇을 원하는지 알아채고는 귓 속말로 제안을 합니다. "아기의 모유량을 조절해봅시다."라고요. 덧붙여 "모유 대신 설탕을 줄 수 있겠죠. 상황을 보고서 그래도 애가 쇠약해지지 않으면 그때는 어쩔 수 없이 수술을 해야겠죠." 라고 하자 애비는 "고맙습니다."하고 대답합니다. 일단 죽여주는 데 공모를 해준다니 감지덕지한 거죠.

일반인의 눈으로 보면 이 애비는 마귀입니다. 악마처럼 보입

니다. 하지만 당사자라면 이야기가 달라지겠지요. 오에 겐자부로는 이 작품 속에서 그 괴로움을 계속 그려나갑니다. 그의 앞에 하나의 길이 있어요. 마음이 괴롭지 않고 빛이 나는 길, 정답의 길이에요. 그러나 그것만 빼놓고 다른 모든 길을 모색하며 괴로움의 진창 속에서 뒹구는 애비의 방황이 이 작품의 99퍼센트를 차지합니다.

나는 이 세상의 모든 비열한 짓을 해치울 수 있는 인간이다.
나는 치욕의 화신이다.

부인은 산후 회복을 하며 병원에 누워 있어요. 그런 와중에 주인공은 옛날의 동창생을 찾아가서 관계를 가집니다. 상당히 긴 시간 그녀와 깊은 관계로 지내요. 그러면서 자기 자신을 짓찧습니다. 섹스의 쾌락에 취해 있으면서도 자기는 세상에서 제일 비열한 놈이라고 자학합니다.

주인공에게 동창생인 가미코는 유일하게 도피처를 제공해주는 인물입니다. 주인공은 섹스 후 그녀에게 감사를 느껴요. 갈등하고 고뇌하는 자신을 조건 없이 안아주고 쉬게 해주고 이야기를 들어주는 사람은 이 여자가 유일합니다. 그래서 감사를 느끼는 거예요.

버드는 따뜻한 평화 속에 누워 있었다. 그리고 버드는
자신의 내부에서 장애가 극복되고 사라졌다는 것을 느꼈다.

하지만 정말 그럴까요? 근원적인 문제는 해결되지 않았어요.
근본적인 해결 방법은 애가 빨리 죽어주는 거예요. 그걸 기대하
고 있는 한 평화는 지속될 수 없었습니다. 불륜 상대인 그녀가 "불
쌍한 우리 버드, 위로받지 못했지? 내가 안아줄게."라며 달래고
는 "그러니 이만 돌아가서 용맹심을 발휘해 봐. 용기를 내봐."라고
해요. 그런데 주인공에게 무슨 용기가 있을까요?

단 하나의 선택지를 빼놓고는 출구가 없어요. 양심상의 올바
른 길 외에는 무엇을 해도 찝찝하고 더럽고 수치스러워요. 그러한
이유 때문에 이 작품에 박진감이 생깁니다. 주인공은 해서는 안
되는 선택을 하고 버티면서, 인생으로부터 오는 벌은 면하고 싶어
해요. 범죄를 저지르곤 벌은 피하고 싶은 범죄자의 심리예요. 이
제는 장모도 가세합니다.

좀 더 빨리 뭔가 해보지 못하겠는가.
만약 내 애가 그 기형아를 보면 미치고 말 걸세.

공범자가 생긴 버드는 아주 신이 났어요. 의사는 우유량을 줄

이거나, 우유 대신 설탕물을 주었으니 며칠 사이에 좋은 결과가
나올 거라고 말했어요. 그 말을 전하자 버드는 장모의 몸에 돌고
있던 독기운이 말끔히 가시는 걸 봅니다.

장모는 천천히 고개를 끄덕이며 아, 그래, 한숨을 쉬었다.
모든 게 끝나면 우리들만의 비밀로 하세.

병상에 누워있던 부인은 아직 자기 아기가 치명적인 장애를
안고 태어난 사실을 몰랐습니다. 하지만 이상한 예감이 들어서
남편을 질책합니다.

이번 아기 일로 당신을 믿어야 할지 말지 생각하다가
난 내가 당신을 속속들이 알고 있지 못하다고
생각하게 됐어요. 당신은 자신을 희생하면서 아기를 위해
책임을 지는 타입인가요? 당신은 당신의 책임을
감당할 만큼 용감한 인간인가요?

묻습니다. 직격탄이죠. 작품은 이제 후반부로 갑니다. 주인
공은 내연녀와의 섹스 후 잠들어요. 버드는 아기가 죽었으면 하
는 바람을 악몽으로 꾸었고, 그 모습을 내연녀가 보았어요.

너 어제 아기 꿈을 꿨지? 네가 갓난아기처럼 몸을 웅크리고
주먹을 꼬옥 쥐고 입을 잔뜩 벌리고 응애응애 하고 울었어.
잠든 채로. 무서웠어. 네가 원래 상태로 안 돌아오는 게
아닌가 하고 생각했어.

양심의 고뇌에 시달리는 인간의 내면을 이렇게 풍요롭게 그립
니다. 자, 이제 이야기의 결말입니다.

개인적인 체험을 거듭하는 가운데 혼자 그 체험의
동굴 속으로 깊이 깊이 들어가면 그 끝에서 인간 모두를
위한 진실된 전망이 보이는 샛길로 나아갈 수 있을까.
그럴 경우 개인은 그 고통 뒤에 열매를 얻을 수 있겠지.
하지만 내 개인적 고통은 고립된 나 혼자만의 우물 속으로
들어가고 있는 것에 지나지 않아.

병원에 가니 의사가 결국 수술을 하자고 권해요. 아기가 튼튼
한 거예요. 다만 목덜미에 큰 혹이 나서 아기의 고개가 기울어져
요. 아기는 두개골 바깥으로 노출된 부분과 두개골 사이가 가려
워 자꾸 긁으려고 해요. 그런데 아기가 손이 닿나요? 안타깝게 기
울어진 목을 애비가 바라보았어요. 그러고 나서 애비는 복도를

걷습니다. 자기도 모르게 아기의 흉내를 내면서 말입니다. 머리를 뒤로 젖히고 목을 긁습니다. 그런 자신을 발견하고 황급히 주변을 살핍니다. 이런 설정이 대단하죠. 버드는 이제 결심을 내리고 아기를 퇴원시키기로 합니다. "수술은 안 됩니다." 그건 곧 죽이겠다는 뜻이죠. 이제는 법에 저촉되지 않고 죽이는 방법만 남았습니다.

나는 철면피를 뒤집어쓰고 아기 괴물로부터 도망쳐서
대체 무엇을 얻으려 한 것이었을까. 도대체 어떤 나 자신을
수호하려고 한 것일까. 버드는 이렇게 생각하고 흠칫
놀랐다. 답은 무無였다.

지키려고 했던 것이 의외로 가치가 없었다는 이야기예요.

버드는 묻듯이 그를 쳐다보는 가미코에게 말했다.
난 아기를 대학병원으로 다시 데려가서 수술받게 하겠어.

이게 작품의 마지막 내용입니다.
이렇게 변화한 그를 향해 교수인 장인이 칭찬을 합니다.

자네는 이번 불행과 정면으로 맞서 잘 싸웠네. ……

자네 변했네. 교수가 애정이 담긴 따뜻한 목소리로 말했다.

…… 버드는 아내 품에 안긴 아들의 얼굴을 들여다보았다.

아들의 눈동자에 자신의 얼굴을 비춰보려 했던 것이다. 아기 눈이 해맑간 쥐색을 띄고 버드를 비춰주었지만 그것이 너무 섬세하여 자신의 새 얼굴을 확인할 수 없었다.

집에 가면 거울부터 보자고 버드는 생각했다.

등장인물 중 델체프라는 외교관이 있습니다. 여성과의 연애 문제 때문에 자국의 대사관을 이탈한 사람이었는데, 버드는 그로부터 '희망'을 선물 받습니다.

그리고 본국으로 송환된 델체프 씨가 겉표지에 "희망"이라고 써서 선물해 준 발칸반도 소국의 사전을 뒤져서 처음으로 "인내"라는 말을 찾아볼 생각이었다.

소설은 이렇게 끝납니다.

'오에 히카리'가 아들의 이름입니다. '히카리'는 빛 광光자를 씁니다. 예쁘죠? 히카리는 뇌 기능 장애에 자폐증까지 있어서 혼자 독립해 살 수 없었어요. 그러다 우연히 음악적 재능이 개발되어서 지금은 연주가로 이름을 날리고 있습니다. 그가 만약 온전한 정신으로 아버지가 쓴 『개인적인 체험』을 읽을 수 있었더라면 어떻게 되었을까요?

마지막으로 이 작품의 의미를 생각해보려고 합니다. 아무리 뛰어난 지식인이나 명망 있는 학자도 자기 신변과 연관되면 유치해지고 본능적으로 대응하기 마련입니다. 이렇게 자기 문제에 정직하게 빛을 비추고, 가장 내밀하고 고통스러운 문제를 드러내 긍정적인 방향으로 향상시키고자 하는 사람은 드물 거예요.

작가에게 이 작품의 의미는 무엇일까요? 작가는 자신을 둘러싼 고통의 과정 속에서 결국 바른 길을 선택하고, 평생 그 길을 걷기로 결정합니다.

인간에게 제일 어려운 상대가 누굴까요? 바로 '나'입니다. '나'에 대하여 승리를 거둔 사람이기에 대작가의 자격이 있다고 생각합니다. 입으로만 남에게 이렇다 저렇다 하는 것으론 까마득하게 부족합니다. 자기의 이해관계가 걸려 있는 부분에서 바른 선택을 내렸다는 점에서 작가 오에 겐자부로는 대단한 인간입니다.

이 일은 오에 겐자부로가 자신의 몸으로 삶을 개척하는 계기가 되었습니다. 이전까지 작가의 작품은 냉랭하고 차갑고 이론적이었습니다. 그러다 언젠가부터 사회 활동에 뛰어듭니다. 자신에게 일어난 일과 관련이 없지 않을 것입니다. 힘든 사람들, 고통으로 몸부림치는 사람들에 대한 증언을 하고 그런 곳으로 직접 다니면서 발언하기 시작합니다. 일본은 세계적인 원자력발전 국가였습니다. 그러다 후쿠시마 원전사고 이후에 가동을 다 멈추었다가 몇몇은 재가동에 들어갔습니다. 많은 진통이 있었죠. 지금 작가의 나이가 80세 초반인데요. 원전 가동을 중지하라는 시위에 참여하여 발언하고, 현장에서 직접 뛰고 있습니다.

히로시마 노트

앞에서 『히로시마 노트』 속 여성에 관한 문제를 냈습니다. 화상을 입고 고뇌하는 여성은 무엇을 기준으로 세상을 볼까요? 이 세상 사람이 딱 둘로 나눠집니다. 얼굴에 화상 흔적이 있는 사람과 그렇지 않은 사람. 그것 외에는 관심이 없어요.

이들 입장에서 제일 손쉽고 후련한 해결책은 뭘까요? 화재가 한 번 더 나서 나머지 멀쩡한 사람들도 다 나처럼 '괴물'로 변하는 것입니다. 내심으로는 그러길 바랍니다. 아주 어둡고 음침한 마음이죠. 작가는 그 사람들의 마음속으로 들어가서 그 심정을 기어코 기술해버립니다.

현실성 있는 방법은 도망가 숨어서 사는 것입니다. 얼마나 비참한가요. 사람과 만나기를 두려워하며 젊음도 잃어간다는 사실이 말이에요. 히로시마의 이야기는 일본 사회의 엄청난 비극입니다. 제 나라에서 벌어진 비극을 직시하고 해결하려고 하는 행위는 그 나라 사람으로서 당연해요. 문제는, 그것을 어떻게 바라보고 어떻게 승화시켜 나가느냐에 달려있습니다.

그녀들이 어떻게 해야 남은 생을 의미 있는 것으로 만들 수 있을까요?『히로시마 노트』에서 말하는 해결책은 이렇습니다. 원자폭탄이 한 번 더 떨어져서 모두가 평등하게 고통받는 것은 있을 수 없는 일입니다. 해결책은, 자신이 체험한 원폭의 비참함을 동력으로 삼아 세계에서 핵을 폐지하는 운동에 참여하는 것이에요.

지금 일본은 공식적으로는 원전의 발전 중지 정책을 펴고 있지만, 사실상 조금씩 재가동되고 있습니다. 한편 한국의 원전 밀집도는 세계에서 제일 높아요. 25개 중에 19개가 모여 있어요. 아주 '영양가'가 높죠. 원래 반경 30킬로미터 이내는 피폭의 영향이 아주 강력하기 때문에 사람들의 거주가 불가능합니다. 하지만 한국은 원전으로부터 반경 몇백 미터 밖에서부터 거주를 하고 있어요. 울진 같은 곳 가보면 깜짝 놀라실 거예요. 식당이 즐비하고 시가지가 쭉 늘어서 있는데 바로 옆에 동그란 원자력발전소 돔이 있어요. 끔찍하지요. 고리원자력발전소의 반경 30킬로미터 안에 무엇이 있을까요? 사고가 나서 방사능이 누출된다면 근방 도시인

부산에서는 사람이 살 수 없어요. 만약 실제로 그런 일이 벌어지게 된다면 어떻게 될까요? 그래도 사람들은 그곳에서 살아간답니다. 괜찮겠지, 괜찮겠지, 하면서요. 왜일까요? 직장이 있고, 학교가 있고 생활의 근거가 모두 거기에 있기 때문입니다. 그렇게 되면 '반경 10킬로미터 이내 접근 금지' 식의 눈 가리고 아웅인 조치를 취하고 말 겁니다.

지금 일본 후쿠시마 근처가 실제로 그렇게 살잖아요. 최소한 20킬로미터만 의무적으로 피하도록 설정해놓고 나머지 권역에 있는 사람들은 자기 돈으로 피난 가서 살죠. 일본을 선진국이라고 하지만 실제로 선진국이 되려면 먼 게 아닌가 싶어요. 재난에 처한 자국민들을 정부가 소홀히 대하는 모습을 보고 얼마나 놀랐는지 몰라요. 과거에 이런 일이 없었던 것도 아닌데 말이에요. 한국도 재난이 발생하면 같은 상황이 벌어질 가능성이 높습니다.

오에 겐자부로는 꾸준히 반핵운동을 하고 있습니다. 히로시마 피폭을 하나의 키워드로 해서 전세계의 핵발전소와 핵무기를 전부 없애자는 운동의 중심에 서 있어요. 이것은 그냥 단순한 자기 민족 사랑과는 차원이 다른 이야기입니다.

오키나와 노트

오에 겐자부로의 또 다른 문제작, 『오키나와 노트』 속 내용을 잠시 보시죠.

일본인이란 다양성 유지에 소질이 없는 국민이다.

일본에서 살고 있는 저도 그렇다고 생각합니다. 동질성, 균질성을 요구하는 무형의 압력을 느낄 때가 많습니다.

다양성에 대한 막연한 혐오의 감정 혹은 다양성을 배제하려는 어두운 충동이 일본 국민성에 자리하고 있다.

타당하다고 봅니다. 실은 한국도 그런 측면이 많은데요. 근대 일본의 아버지라 불리는 후쿠자와 유키치福澤諭吉는 이렇게 말했습니다.

일본 정부는 자신의 이익을 위해서가 아니라, 민중들을 위한 따뜻한 배려심에서 류큐 오키나와 를 거두었다.

이 논리는 조선을 합병할 때에도 사용되었죠. 오에 겐자부로는 그를 두고 일본의 중화주의자라고 이야기합니다.

이런 사건이 있었습니다. 오키나와 전투 때 일본군에게 제일 문제가 된 것은 미군이었지만, 정작 오키나와 주민들에게 제일 문제가 된 것은 일본군이었어요. 패색이 짙어지자 주민들에게 자결을 강요했어요. 총탄이 부족하니 칼로 스스로 찌르라고 했습니다. 그래서 일가족이 모여 서로를 찌르거나 극약을 마셨어요. 순진한 오키나와 사람들은 그렇게 죽어갔어요. 그 다음에는 탄약을 진지까지 지고 온 사람들을 죽였어요. 음식을 가져다주러 초원과 부대를 오르내리던 사람들도 죽였어요.

막상 미군이 왔을 때는 오히려 괜찮았어요. 그때 오키나와의 마을 사람들이 미군 대신에 산 위로 올라가 말을 전했대요. 자기들에게 "항복해도 된대, 괜찮대요."라고 말하는 주민들마저 일본군은 죽였어요. 전쟁이 나면 적군에 의해서 죽는 사람들 못지않게 아군에 의해서 조직적으로 살해되는 사람들도 굉장히 많다는 사실을 아시죠?

지금 오키나와는 어떨까요? 아직도 그곳은 핵기지입니다. 핵기지라는 건 뭘 의미할까요? 상대를 제압할 유력한 무기를 저장하고 있는 곳이기도 하지만, 보복 공격으로 궤멸당할 위험성을 오롯이 안고 있다는 의미이기도 합니다. 과거 오키나와는 일본 본토 방어를 위한 대규모 희생지였어요. 그런 오키나와를 현대의 일본 본토인들은 목가적 낙원, 순박하고 인정 많고 이국적인 문화 공간, 도시 생활에 지친에 본토인들을 치유해주는 토속적인 공간이라고 말합니다. 그러니 오키나와 사람들은 본토인들을 어떻게 보겠어요? 오키나와 사람들도 일본어를 쓰고 일장기를 쓰지만 대대로 본토로부터 버려져 제물로 희생해 온 공간입니다. 이것이 오키나와에서 독립론이 자꾸 대두되는 이유입니다.

우리나라의 경우도 제주도는 육지와 정서가 조금 다르죠. 과거에 있었던 4·3사건이 워낙 끔찍해서 말입니다. 마찬가지로 이들이 본토를 바라보는 눈은 조금 다릅니다. 한 예시로, 옛날에 오키나와 주민들을 학살했던 장본인인 일본인 장교가 나이 들어 오키나와로 건너가자 주민들이 그 뻔뻔함에 놀랐다는 이야기가 책에 소개되어 있어요. 마지막을 보시면 이렇게 고발하고 있습니다.

일본 청년 일반은 마음 속에 죄책감을 갖고 있지 않다.
어리석은 고교생이 엉터리 사명감 내지 군중 심리에
사로잡혀 파렴치하게 조선학교 학생을 구타하고 있는
현실을 보라. 과거 전쟁 중에 일어난 사건이나
과거 자신들이 한 짓과 똑같은 짓을 신세대 일본은 아무
죄책감 없이 그대로 되풀이하고 있다.

오에 겐자부로는 처음에 차갑고 냉랭하며 이론적인 데에 머무는, 소통을 추구하지 않는 세계에서 작품 활동을 시작했습니다. 인생 경험이 적은 청년 작가 대부분이 이럴 것입니다. 그러나 『개인적인 체험』이라는 절체절명의 위기를 경험하고는 달라집니다. 오에 겐자부로는 피투성이 고통을 겪는 과정 속에서 올바른 윤리적 선택을 내립니다. 이를 통해 현실 속 자신에게 승리하게 되죠. 또한 공적 존재인 작가로서의 윤리 대결에서도 귀중한 승리의 체험을 하게 됩니다. 자기 내면에서 얻은 승리를 바탕으로 한 오에 겐자부로의 휴머니즘은 대사회활동으로 더 넓게 전개되어 갑니다. 이는 대작가로 성장해 가는 과정과 맞닿아 있어요. 그것을 오에 겐자부로의 초·중기 작품을 읽어가며 확인하시면 좋겠습니다. ¶

인간의 심연을 마주하는 자

오에 겐자부로

大江健三郎

1935~

1935년 일본 에히메현 기타군 오세촌 출생. 오세촌은 산림이 발달한 지역으로 후일 오에 겐자부로의 작품 세계에 중요 모티브로 자주 등장하는 곳이다. 1941년부터 패전기까지 초등학교를 다니며 태평양전쟁을 겪었다. 신헌법이 공포된 1947년부터 1950년대 초반까지 고향에서 전후 민주주의기 사회 분위기를 체험하는 한편, 일본소설을 탐독하며 습작기를 보냈다. 1954년 도쿄대학 교양학부 문과를 거쳐 1956년 프랑스문학과에 진급한 시기를 전후하여 대본 및 소설을 창작했으며 파스칼, 카뮈, 사르트르 등 실존주의 철학에 심취했다. 미군기지 확대 반대 운동 시위에도 참가했다.

1957년 소설 「기묘한 아르바이트」를 교내신문에 발표한 후 평단의 주목을 끌었으며, 이를 계기로 「사자의 잘난 척」, 「남의 다리」 등을 발표하면서 학생작가로 문단 활동을 시작했다. 「사자의 잘난 척」이 38회 아쿠타가와상 후보작에 오르며 유망한 실존주의 작가로서 문단에 이름을 알렸다. 그리고 다음 해인 1958년, 23세 되던 해에 「사육」으로 39회 아쿠타가와상을 수상했다.

1960년 안보투쟁에 참가했으며 사회파 감독 이타미 주조의 여동생 이타미 유카리와 결혼했다. 청년기의 우울과 허무감, 성에 대한 탐닉을 주제로 한 『우리들의 시대』(1959), 「세븐틴」(1959) 등을 발표하는 한편 우익 소년의 정치와 성 문제를 다룬 작품을 발표하여 우익 세력으로부터 협박을 받기도 했다.

1963년 장남 히카리光가 두뇌 기형아로 출생하면서 작품 세계에 커다란 전환기를 맞게 된다. 1964년 이를 소재로 한 『개인적인 체험』을 발표하여 제11회 신조사 문학상을 수상했다. 히로시마 방문체험을 담은 『히로시마 노트』도 연재하기 시작했다. 이후 그는 이 두 체험을 바탕으로 소수자의 고통과 전쟁으로 인한 인류의 고통을 양축으로 한 휴머니즘 문학의 길을 모색하게 된다.

1967년, 막부 말기의 민란을 이끈 시코쿠四國의 형제와 안보투쟁 체험 청년들의 아이덴티티 탐구 과정을 병렬시켜 다룬 『만엔 원년의 풋볼』로 제3회 다니자키준이치로상을 수상하였으며, 이후 70년대부터 난삽한 산문시적 문체를 구사한 작품들을 다수 발표하게 된다. 이후 일본 사회와 천황제 비판, 반핵운동을 테마로 한 작품, 사소설 작품들과 더불어 영혼과 속죄, 구원 등을 다룬 종교적 영역에로 작품 세계를 심화해가고 있다. 1994년 10월 "시적인 언어를 사용하여 현실과 신화가 아우러진 세계를 창조했다. 궁지에 몰려 있는 현대인의 면모를 구체적으로 깊게 묘사했다"는 공로를 인정받아 노벨문학상을 수상하였다.

사육

飼育

1958

제39회 아쿠타가와상 수상작. 평화로운 마을에 갑자기 찾아온 전쟁의 비극을 소년 화자의 눈으로 그린 작품. 평화롭던 산골 마을에 미군 비행기가 추락한다. 마을 사람들은 살아남은 흑인 병사를 창고에 가둬두고 '사육'한다. 처음에는 마을 사람 모두가 두려워했지만, 아이들부터 시작해서 점차 그와 친해지게 된다. 곧 병사의 인수를 위해 군이 온다는 소식이 전해지고 이를 병사에게 알리려던 '나'는 공포에 사로잡힌 병사에게 인질로 붙잡히게 된다. 소년은 호의가 적의와 배반으로 급변하는 충격을 겪게 되며, 병사는 '나'의 아버지의 낫에 살해당한다.

개인적 체험

個人的な体験

1964

장애아 출산이라는 사적 경험을 토대로 쓴 사소설적 작품. 대학원을 그만두고 술에 빠져 내연녀와 불륜을 저지르던 학원강사 '버드'는, 아내의 출산을 맞게 된다. 그러나 두뇌 기형아 상태로 태어난 아이는 곧 죽을 것이라던 진단과 달리 생존하고, 버드는 아이가 죽어주었으면 하는 욕망과 자신도 인지하지 못하는 양심의 가책 사이에서 방황을 거듭한다. 아이에 대한 치료까지 거부하면서 도피와 악몽같은 생활을 이어가던 그는 결국 아이의 존재를 받아들이기로 결심한다. 이 작품이 쓰여진 시기를 전후하여 오에 겐자부로는 약자와 인류고뇌를 중심으로 한 작풍으로 선회하게 된다.

히로시마 노트

ヒロシマ・ノート

1965

수차례에 걸친 히로시마 방문과 수폭반대대회 집회에 참석
한 체험을 기반으로 핵반대운동의 필요성을 역설한 다큐멘
터리성 에세이. 원폭 조사와 치료법 연구를 계속해 온 피폭
자 의사의 헌신, 도시의 어둠 속에서 지옥과 같은 생존을 계
속해 온 피폭자들의 고통과 자아 탐구 과정을 그리면서 피폭
의 고통을 인류적 차원의 평화운동의 에너지로 전환할 것을
역설하고 있다.

만엔 원년의 풋볼

萬延元年のフットボール

1967

만엔 원년(1860)에 시코쿠에서 일어난 민란과, 1960년
안보투쟁을 겪은 형제의 반항적 에너지 및 아이덴티티의 방
황을 병렬시켜 다룬 장편. 『개인적인 체험』과 더불어 가장
인기 있는 작품으로 자리하고 있다. 장애아의 아비인 미츠
사부로와 동생 다카시는 고향인 시코쿠로 향한다. 그들의
증조부는 촌장이었고, 그 동생이 민란의 리더였다. 증조부
의 동생 및 패전 후 조선인 부락에서 살해당한 S에게 자신을
투사한 다카시는, 무기력한 청년들을 풋볼로 규합하는 등
마을에 활력을 불어넣는다. 장애아 출산 후 알코올 중독에
빠져 있던 미츠사부로의 아내도 그에게 끌려 관계를 맺는다.
다카시는 조선인이 독점 운영하는 슈퍼마켓을 축제적 무드
로 약탈하는 폭동을 선동한다. 이후 다카시는 마을 처녀를
강간, 살해했다는 혐의를 받게 되며 과거 누이와의 근친상간
사실을 고백하고 자살한다. 다카시에게 냉담했던 미츠사부

로는, 민란 후 도피한 줄 알았던 증조부의 동생이 토굴 속에 스스로를 유폐시켜 책임을 졌던 사실을 발견하는 한편 다카시의 고뇌와 자기 결단의 과정을 이해하게 된다. 그는 자신의 아이와, 아내의 몸을 통해 탄생할 동생의 아이를 양육하겠다는 의지를 굳힌다.

심원섭

일본 독쿄獨協 대학교 언어문화학과 특임교수. 한국현대시 및 한일비교문학 전공. 저서에 『원본이육사전집』, 『한일문학의 관계론적 연구』, 『사진판 윤동주 자필시고전집』, 『김종한전집』, 『일본 유학생 문인들의 대정·소화 체험』, 『아베 미츠이에와 조선』 등이 있다. 역서에 『일본근대사상사』, 『김사량평전』, 『사에구사교수의 한국문학 연구』 등이 있다. 한일 대역 에세이집 『감춰둔 이야기』를 쓰기도 했다.

식민 유산에 맞서는
라틴아메리카의 증언

독재를 고발하는 소설가
미겔 앙헬 아스투리아스

우석균

라틴아메리카와 노벨문학상

라틴아메리카는 모두 여섯 명의 노벨문학상 작가를 배출했습니다. 칠레 시인 가브리엘라 미스트랄, 과테말라 소설가인 미겔 앙헬 아스투리아스, 칠레 시인 파블로 네루다, 콜롬비아 소설가 가브리엘 가르시아 마르케스, 멕시코 시인 겸 수필가인 옥타비오 파스, 페루 소설가 마리오 바르가스 요사가 영광의 주인공들입니다.

노벨문학상을 받은 라틴아메리카 작가 중에서 우리나라에서 가장 널리 알려진 이는 누구일까요? 아마도 가르시아 마르케스일 겁니다. 마술적 사실주의의 대표적인 작가이자, 워낙 읽는 재미가 쏠쏠한 소설인 『백년의 고독』의 저자이기 때문입니다. 시인으로 우리에게 가장 친숙한 인물로는 네루다를 꼽을 수 있습니다. 라틴아메리카 역사와 사회를 혁명적 시각으로 노래한 장편 서사시『모두의 노래』로 제3세계 문학을 대표하는 민중시인으로 우리에게 각인되었고, 또 한편으로는『스무 편의 사랑의 시와 한 편의 절망의 노래』를 쓴 사랑의 시인으로도 유명합니다.

물론 호르헤 루이스 보르헤스처럼 우리에게도 널리 알려져 있고, 움베르토 에코와 미셸 푸코가 존경해 마지 않았을 정도의 세계적인 문호인데도 노벨문학상을 받지 못한 경우도 있습니다. 조국 아르헨티나와 이웃 나라 칠레의 군부독재를 지지하는 듯한 발언들이 두고두고 발목을 잡았다는 것이 거의 정설입니다. 그 밖에도 수상의 영예를 누리지 못해 아까운 작가가 한둘이 아닙니다. 쿠바 시인 호세 레사마 리마, 니카라과 시인 에르네스토 카르데날, 칠레 시인 니카노르 파라, 아르헨티나 소설가 훌리오 코르타사르, 쿠바 소설가 알레호 카르펜티에르, 멕시코 소설가 카를로스 푸엔테스 등 그야말로 많은 작가가 떠오릅니다.

이를 감안하면 미스트랄의 경우는 행운이 작용한 사례라고 보아야 할 것입니다. 빼어난 시인이기는 하지만 라틴아메리카 사상 최초의 노벨문학상 수상자가 될 정도의 대표성을 지닌 작가로 보기는 힘들기 때문입니다. 그러나 개인적으로는 행운이지만, 라틴아메리카 문학 전체를 놓고 볼 때는 필연일지도 모르겠습니다. 그녀가 노벨문학상을 수상한 1940년대 중반 라틴아메리카 문학은 세계문학의 반열에 오를 준비가 되어 있었기 때문입니다. 물론 '세계문학의 반열'이라는 표현에는 어폐가 있습니다. 아주 오랜 세월 동안, 서구 문단의 인정을 받았을 때 비로소 세계적인 문학으로 인정받을 수 있었기 때문입니다. 아무튼, 그들의 기준으로는 영국, 프랑스, 독일 문학은 일찌감치 세계문학의 반열에 올랐고, 러시아 문학과 미국 문학이 각각 19세기 말과 20세기 상반기에 그 뒤를 이었습니다. 그리고 그다음 차례는 라틴아메리카였고, 그 시점은 1960년대입니다.

그러나 하루아침에 문학적 저력이 생길 리 만무하고, 또 저력이 생겼다 해서 하루아침에 인정을 받을 리 없습니다. 세계문학의 반열에 오르기 위한 첫걸음을 뗀 시기는 무려 19세기 말로 거슬러 올라갑니다. 시 분야에서 먼저 독자적이면서도 미학적 완성도가 높은 작가들이 출현했습니다. 여기서 '독자적'이라는 말은 '문학적 해방'을 뜻합니다. 스페인의 식민지배를 받고, 스페인 문화가 이식되고, 스페인과 똑같은 언어를 사용하기 때문에 스페인 문학과의 차별화가 지체되기만 하던 라틴아메리카 문학이 드디어 자신만의 색깔을 드러낸 것입니다. 선구자로는 보통 니카라과 시인 루벤 다리오를 꼽습니다. 1920~30년대가 되면 페루 시인 세사르 바예호 같은 걸출한 시인도 여럿 배출합니다. 해방의 관점에서 보자면 다리오나 바예호가 노벨문학상을 먼저 받았다면 좋지 않았을까 싶습니다.

라틴아메리카 소설의 이륙은 시에 비해 늦었습니다. 1920~30년대에야 라틴아메리카 소설다운 소설을 갈구하기 시작했고, 1940년대 정도는 되어야 미학적 완성도가 높은 작품들을 어느 정도 접할 수 있게 됩니다. 이는 1940년대가 되면 라틴아메리카 문학이 인정받을 때도 되었다는 뜻입니다. 그래서 미스트랄의 수상이 라틴아메리카 문학 전체를 놓고 볼 때 필연일지도 모르겠다는 것입니다. 비록 라틴아메리카 문학이 세계문학의 주역 중 하나로 인정받기까지는 20년이 더 걸려서, 1960년대가 되어야 변방성을 탈피할 수 있었지만 말입니다.

미겔 앙헬 아스투리아스가 라틴아메리카 문학에서 두 번째 노벨문학상 수상자가 된 일은 라틴아메리카 문학의 이런 여정과 무관하지 않습니다. 아스투리아스는 라틴아메리카 문학이 시와 소설 두 분야에서 모두 문학적 저력을 갖춘 시점인 1940년대에 대표작 『대통령 각하』와 『옥수수인간』을 연달아 낸 작가이자, 라틴아메리카 문학이 세계문학의 반열에 오른 시점인 1960년대에 노벨문학상을 수상한 작가이기 때문입니다. 이제부터는 아스투리아스의 『대통령 각하』 이야기에 본격적으로 들어가 보겠습니다.

무덤이 된 여인

1967년 노벨문학상을 수상한 과테말라 작가 미겔 앙헬 아스투리아스의 대표작은 『대통령 각하』입니다. 이 작품은 독재 정권 하에서 벌어진 온갖 참혹한 일을 고발하고 있습니다. 우리나라에는 을유문화사가 번역하여 『대통령 각하』라는 원제 그대로 출판되어 있습니다. 이 책의 본문을 인용해가면서 소설의 줄거리를 설명해드리겠습니다.

이야기는 유년기의 트라우마 때문에 '어머니'라는 소리만 들으면 발작을 일으키는 펠렐레라는 거지의 우발적 살인으로 시작합니다. 어느 날 밤 그곳을 지나던 대령 하나가 장난삼아 그에게 살금살금 다가가 '어머니'를 외치자, 펠렐레가 묻지 마 폭행을 벌인 끝에 빚어진 일입니다. 대령은 독재자 대통령이 아끼던 인물이었습니다. 대통령이 엄중 수사를 지시합니다. 그러나 심복의 죽음이 애달파서가 아니라, 이 사건을 빌미로 위험인물들을 제거하기로 마음을 먹었기 때문입니다. 살인사건의 현장에 있었던 거지들이 잡혀옵니다. 독재자의 충실한 부역자, 국방 법무감이 직접 취조에 나섭니다. 질펀한 매타작이 뒤따를 수밖에 없습니다. 없는 배후를 만들어내야 했으니까요.

'모기'라는 별명의 거지를 고문하는 장면은 그야말로 오싹한 독서 경험을 안겨줍니다. 고문자들은 거지들의 발가락을 묶어 거꾸로 매달았는데, 모기만은 손가락을 묶어 매답니다. 온정을 베푼 것일까요? 아닙니다. 모기가 두 다리가 없는 장애인이기 때문입니다. 고문자들은 모기가 장애인이든 말든 가차 없이 매질을 해댑니다. 펠렐레가 아니라 독재자가 제거하고 싶었던 카날레스 장군과 카르바할 변호사가 살인을 저질렀다는 거짓 진술을 요구하면서요. 모기는 두 다리만 없는 것이 아니라 시각 장애인이기도 해서 과연 그의 자백이 증거 능력이나 있을지 아리송한 상황인데 아랑곳하지 않습니다. 모기는 혹독한 고문을 버텨내지 못합니다. "그들이 밧줄을 풀었을 때, 모기의 시체는, 아니 두 다리가 없기 때문에 흉부만 남은 몸체는 부러진 저울의 추처럼 바닥에 떨어"집니다.

그런데 『대통령 각하』에는 이보다 훨씬 더 섬뜩한 장면이 있습니다. 페다나라는 여인의 이야기입니다. 잔인한데다 너무 애절해서 더 섬뜩한 이야기입니다. 그녀는 카날레스 장군이 체포되고 그의 딸 카밀라가 납치될 것이라는 말을 우연히 듣게 되어 그 사실을 알려주려고 아침 일찍 장군의 집을 찾아갑니다. 장군의 딸이 자기 아기의 대모가 되어주기로 했기 때문에 남의 일 같지 않았던 것입니다. 그러나 장군은 도망친 뒤였고 카밀라의 행방도 묘연한 가운데 수상한 사람으로 몰려 현장에서 체포됩니다. 예의 국방 법무감이 또다시 등장하는데, 아주 작정하고 페디나에게 고문을 가합니다. 대통령 각하의 영을 제대로 받들지 못해 초조하고 두려웠거든요. 카날레스 장군 체포를 지시받고도 그만 놓쳐버려서요. 그러니 장군의 집에 나타난 페디나가 혹시나 그의 행선지를 알까 싶었던 것이죠. 페디나는 자정부터 고문을 받기 시작하는데, 얼마 안 되어 자지러지게 놀랍니다. 자신의 젖먹이 아기 울음소리가 들렸기 때문입니다. 고문자에 따르면 배가 고파서 두 시간째 울고 있는 중이랍니다. 여인은 잠시 젖이라도 먹이게 해달라고 무릎 꿇고 애원하지만 어림없습니다. 새벽 4시가 되도록 고문은 계속되고 아이 울음소리도 이어집니다. 4시 40분에 여인은 마침내 혼절하고 감방으로 옮겨집니다. 문득 잠이 깬 여인은 옆에 "넝마를 뒤집어쓴 인형처럼 아무런 생명력 없이 싸늘하게 누워 죽어 가는 아기를" 보게 됩니다. 냉큼 젖을 물립니다. 그런데 청천벽력 같은 일이 벌어집니다. 고문을 당할 대로 당한 여인의 젖에서 쓰디쓴 석회 맛이 나서 아기가 먹지 못하고 또다시 울기만 하는 것입니다. 밖에서 대통령을 기리는 축제 소리가 들려오는 가운데 아기는 그렇게 죽고 맙니다. 페디나는 시체에 입을 맞추고, 뺨에 얼굴을 비비고, 서러운 원망과 눈물을 토해냅니다. 그리고 처연하다 못해 섬뜩한 모성애를 보여줍니다.

독재를 고발하는 소설가 미겔 앙헬 아스투리아스

눈물이 말라 버려 더 이상 울 수 없는 지경에 이르렀을
때에야 그녀는 자신이 아들의 무덤이 되었다는 것을 느꼈다.
아들이 마지막이자 영원히 끝나지 않는 꿈을 다시 한 번
자신의 뱃속에서 꾸고 있다고 생각했다. 순간 그녀의
한없는 고통 속으로 한 줄기 기쁨이 스며들었다. 아들의
무덤이 되었다는 생각이 발삼 향유처럼 그녀의 심장을
어루만져 주었다. …… 무덤은 죽은 자에게 키스하지
않는다. 따라서 그녀는 죽은 아기에게 키스해선 안 된다.
반면에 무덤은 죽은 자를 꾹 누른다. 그녀 역시 아기를 꼭
껴안는다. 무덤은 죽은 자를 침묵 속에서 부동자세로 있게
하는 부드럽고 강한 셔츠이며, 간지러운 구더기들이며,
격렬한 해체다.
…… 무덤의 내부는 어두워 페디나도 눈을 감았다. 또
무덤은 바깥으로 잠자코 있기 때문에 그녀는 말 한마디
하거나 탄식을 내뱉는 것조차 하려 하지 않았다.

　고문 끝에 젖에서 쓴맛이 나서 갓난아기가 먹지 못하고 굶주
려 죽어버렸다는 것, 아기를 지켜주지 못해 사후에라도 무덤이
되어 지켜주려는 절절한 모성애, 무덤이 되었기 때문에 아기에게
입도 맞추면 안 되고 꼼짝도 하지 말아야 한다는 '광기'. 이 무덤

이 된 여인 이야기야말로 기나긴 라틴아메리카 독재(자) 소설 전통에서 두고두고 기억에 남을 만한 명장면이 아닐까 싶습니다.

아스투리아스와 독재(자) 소설

『대통령 각하』는 라틴아메리카 독재(자) 소설에서 한 획을 그은 작품입니다. 그 효시로는 보통 1851년 작품인 아르헨티나 작가 호세 마르몰의 장편 소설 『아말리아』를 꼽습니다. 에스테반 에체베리아의 단편 「도살장」과 도밍고 파우스티노 사르미엔토의 에세이 『파쿤도―문명과 야만』 그리고 『아말리아』를 한데 묶어 효시로 보기도 하고요. 이 세 작품 모두 1835년부터 1852년 사이에 아르헨티나를 통치한 후안 마누엘 데 로사스를 비판한 작품이었습니다. 다만 「도살장」과 『아말리아』는 소설로서의 완성도 측면에서는 아쉬운 점이 많습니다.

20세기에 접어들어서도 라틴아메리카 독재를 다룬 작품들이 간간이 출간되었습니다. 심지어 그 유명한 조지프 콘래드나 스페인의 라몬 델 바예-인클란 같은 외국인 작가들까지 라틴아메리카 독재(자)를 소재로 작품을 쓴 전력이 있습니다. 1904년 작품인 콘래드의 『노스트로모』와 1926년 작품인 바예-인클란의

『폭군 반데라스』가 이 사례에 해당합니다. 특히 바예 인클란은 아스투리아스에게도 영향을 끼쳤고, 그의『폭군 반데라스』는 외국인이 쓴 작품임에도 불구하고 한동안 라틴아메리카 독재를 소재로 한 가장 훌륭한 소설이라는 평가를 받았습니다.

『폭군 반데라스』를 넘어선 작품이 바로 1946년에 출간된 아스투리아스의『대통령 각하』입니다. 라틴아메리카 역사와 사회에 대한 문제의식의 치열함에서는 물론 문학적 완성도에서도 말입니다. 그래서『대통령 각하』를 라틴아메리카 독재자 소설의 명실상부한 기원으로 평가하기도 합니다.『대통령 각하』이후 독재와 독재자를 다룬 소설들은 더 많이 발간됩니다. 넓은 맥락에서 보면 알레호 카르펜티에르의『지상의 왕국』과 마리오 바르가스 요사의『'성당'에서의 대화』도 이 범주에 포함시킬 수 있습니다. 1970년대 중반에는 거물 작가들이 동시에 독재와 독재자를 다룬 작품들을 발표하면서, 독재(자)소설을 라틴아메리카 문학만의 장르로 보아야 한다는 주장까지 대두합니다. 알레호 카르펜티에르의『방법에의 회귀』, 아우구스토 로아 바스토스의『나는 통령』, 가브리엘 가르시아 마르케스의『족장의 가을』이 그 무렵 나온 소설들입니다. 다만 이 세 작품은 흔히, '독재 소설' 대신 '독재자 소설'이라는 용어로 규정됩니다. 독재자들의 의식구조와 심리를 해부하면서 독재자 원형原型을 정립하려 했다는 공통점을 지니고 있었기 때문입니다. 『대통령 각하』가 독재자보다는 공포, 인간성 말살, 부패 등 독재가 야기한 전반적인 상황에 초점을 맞춘 것과는 다른 점이었죠.

독재(자) 소설은 변주를 거듭합니다. 루이사 발렌수엘라의 『도마뱀 꼬리』는 여성 작가의 시각에서 독재 치하의 남성-여성 관계를 다루었고, 토마스 엘로이 마르티네스는 『페론 소설』과 『성녀 에비타』에서 독재(자) 소설과 역사 소설의 접목을 시도합니다. 가르시아 마르케스와 마리오 바르가스 요사도 각각 『장군의 미로』와 『염소의 축제』라는 독재(자) 소설을 다시 한 번 쓰면서 역사적 성찰을 시도합니다. 최근 라틴아메리카 작가들 중 가장 뜨거운 관심을 받고 있는 로베르토 볼라뇨의 『먼 별』과 『칠레의 밤』도 주목할 만한 소설들입니다. 특히 『칠레의 밤』은 독재자보다 독재 체제를 뒷받침하는 조력자, 즉 부역자를 다룬 특이한 작품이자 전형적인 후기 독재post-dictadura 소설로 꼽힙니다. 도미니카공화국 출신의 라티노 작가 주노 디아스의 『오스카 와오의 짧고 놀라운 삶』과 쿠바 작가 레오나르도 파두라의 『개들을 사랑한 남자』도 독재(자) 소설의 맥을 이으면서도 참신한 변주로 높은 평가를 받았습니다. 디아스는 마술적 사실주의와 영화, 만화, 게임 등의 대중문화 코드를 가미했고, 파두라는 보기 드물게 좌파 독재를 다루었다는 주제적 참신함에 추리 소설과의 접목이라는 형식적 참신함이 주목을 끌었습니다.

　라틴아메리카에서 독재(자)소설이 하나의 흐름을 형성한 이유가 무엇일까요. 아주 간단합니다. 그만큼 독재자가 많았기 때문입니다. 자연스럽게 그것을 다루는 작품이 양산될 수밖에 없었던 것이죠. 아스투리아스는 회고합니다. 1920년대 유학 시절 파리의 라틴아메리카 출신 친구들끼리 저마다 자기나라 이야기를 하다 보면 대화는 어느 나라 독재자가 더 끔찍한지로 귀결되었다고요. 1960년대 라틴아메리카 문학을 세계문학의 반열로 올려놓는 데 커다란 공을 세운 소위 붐 소설 4인방 작가의 한 사람인 카를로스 푸엔테스도 회고합니다. 1967년 알레호 카르펜티에르, 훌리오 코르타사르, 호세 도노소, 마리오 바르가스 요사 등과 '국부國父'라는 반어법적인 창작 기획 하에 각자 자기나라의 독재자를 다루는 소설을 쓰기로 뜻을 모은 적이 있다고요.

　그러나 독재가 만연한 역사를 라틴아메리카 정치의 후진성으로만 인식한다면, 이는 나무만 보고 숲을 보지 못하는 것입니다. 라틴아메리카 국가들에서 독립 후부터 오늘에 이르기까지 무수한 독재자가 출현한 것은 거칠게 말하자면 식민 유산 때문입니다. 국내적으로는 백인 과두계층 중심의 내부 식민체제, 대외적으로는 서구 열강의 수탈 체제인 신식민주의적 질서나 미국의 안보 독트린 지지를 강요받은 냉전 체제 등이 모두 식민 유산이라고 할 수 있습니다. 대다수 국민의 이해에 반하는 이런 질서를 유지하자니 독재가 빈발할 수밖에 없었던 것이죠. 이를테면, 16세기 이래의 식민주의와 제국주의가 야기한 지속적인 불평등과 종속이 독재로 이어진 것입니다. 그래서 라틴아메리카 독재(자)소설은 라틴아메리카의 수난의 역사에 대한 비판을 넘어, 지난 몇 세기 동안 이어져 온 서구 중심의 세계 질서에 대한 생생한 육성 증언이라고 할 수 있습니다.

이 점과 관련해, 라틴아메리카 소설가들 중에서 노벨문학상을 수상한 아스투리아스, 가르시아 마르케스, 바르가스 요사 세 사람이 모두 한 번쯤 독재(자)소설을 썼고, 1970년대 중반에는 독재(자)소설을 라틴아메리카 문학 특유의 장르로 보아야 한다는 견해가 힘을 얻었다는 것은 시사하는 바가 큽니다. 가령 가르시아 마르케스의 대표작인 『백년의 고독』은 신식민주의 질서에 대한 강력한 비판이 담겨 있습니다. 바르가스 요사는 1970년대부터 우파로 변신했지만, 1960년대에 쓴 그의 대표작들은 국민적 이해를 배신한 지배 엘리트의 부패와 무능과 위선을 질타하고 있습니다.

아스투리아스의 『대통령 각하』 같은 경우는 냉전 체제와 깊은 관련이 있습니다. 다만 사연이 좀 특이합니다. 이 소설은 독재자의 이름도 구체적인 연도도 거론되지 않지만 마누엘 카브레라 에스트라다 독재, 특히 1916년경의 과테말라를 다루고 있습니다.

카브레라 에스트라다의 4선을 위한 대통령 선거, 인구가 200만 명인데 당선자가 1,000만 표를 득표한 그 기록적인 부정선거가 있기 직전 해입니다. 1922년 처음 구상했으나 집필은 주로 1925년에서 1932년 사이에 이루어졌습니다. 냉전 체제가 출현하기 한참 전의 작품인 것입니다. 그렇다고 카브레라 에스트라다의 외세와의 결탁을 직접적으로 비판하고 있는 것도 아닙니다. 아스투리아스가 형상화시킨 독재자는 오히려 후안 마누엘 데 로사스 같은 19세기의 카우디요 개인적으로 무장 병력을 거느린 유력자에 가깝습니다.

그러나 『대통령 각하』가 뒤늦게 1946년에 멕시코에서 출간되고, 1948년 아르헨티나에서 재출간되었을 때 비로소 빛을 보면서 일종의 착시 현상이 빚어졌습니다. 이미 냉전 체제의 불길한 그림자가 드리우기 시작한 시점이어서, 향후 미국의 안보 독트린에 부응하여 라틴아메리카 전역에 양산될 군부 독재를 예언한 작품으로 각인되었던 것입니다. 과테말라가 라틴아메리카 국가들 중에서 냉전 체제 최초의 희생양이 되면서 더욱 그렇게 보였습니다. 하코보 아르벤스 정부가 유나이티드 프루트라는 미국 농업 기업의 바나나 농장 유상몰수를 결정하자, 1954년 미국이 이를 국제 공산주의 확산의 징후로 규정하고 사실상 군사 개입 끝에 군부 독재 정부를 세웠거든요. 이 일은 라틴아메리카 전역에 반미 시위를 들불처럼 번지게 한 사건이었습니다.

마침 과테말라에 있던 체 게바라가 이에 분노하여 외세 척결을 위해서는 무장혁명만이 답이라는 결론을 내리고, 멕시코로 피신했다가 피델 카스트로를 만나 쿠바혁명에 참여한 일은 유명한 일화입니다. 아스투리아스는 쿠데타 이후 제일 먼저 해직된 외교관이었으며 망명을 떠날 수밖에 없었습니다. 이미『대통령 각하』와『옥수수인간』으로 라틴아메리카를 대표하는 참여문학 작가로 인정받았던 아스투리아스였으니 자연스럽게 반제국주의, 반독재의 상징적인 인물이 되었고요. 쿠바혁명이 성공한 1959년부터 1980년대 초중반까지 라틴아메리카는 냉전 체제 하에서 격화된 이념 갈등으로 혁명과 군사 독재가 교차한 대륙이었습니다. 1970년대 중반에 장르로 규정해야 한다는 주장이 힘을 얻을 정도로 독재자 소설이 쏟아져 나온 것은 바로 이러한 현실의 산물이었습니다.

선구자 아스투리아스

아스투리아스가 선구자로 기억되는 이유는『대통령 각하』가 20세기 라틴아메리카 독재(자)소설 중 시기적으로 빨리 나온 작품이라는 점이 일정 부분 작용하기는 했습니다. 그러나 앞서 말씀드린

대로『대통령 각하』는 독재(자)소설 장르의 존재를 논하던 1970년대 중반의 소설들과는 결이 다른 작품이었습니다. 현대적인 군부 독재자를 다룬 작품은 아니었으니까요. 그럼에도 불구하고 선구적 작품이라는 평가를 받은 이유는 무엇보다도 무덤이 된 여인 이야기 등 독재의 참상을 오싹할 정도로 생동감 있게 전하기 때문입니다.

이 소설의 독재자가 구사하는 "세련된 잔혹함", 사람의 심리를 완전히 무너뜨려 절망의 끝을 맛보게 하는 장면들도 압권입니다.『대통령 각하』의 주요 서사 축을 이루는 비극적인 사랑 이야기가 좋은 예입니다. 카날레스 장군의 성공적 도주는 국방 법무감의 잘못이 아니었습니다. 대통령이 자신의 또 다른 심복 미겔 카라 데 앙헬에게, 체포령에 대해 장군에게 미리 알려주라고 지시했기 때문입니다. 군인답지 않게 도망치는 굴욕을 장군에게 안겨준 뒤에 체포할 작정이었습니다. 장군은 열여섯 살밖에 안 된 딸 카밀라도 데리고 가지 못할 정도로 다급하게 도망칩니다. 카라 데 앙헬이 카밀라 납치극을 벌여 체포조의 시선을 다른 데로 돌린 것이 유효했습니다. 사실 이 납치극은 장군의 도주를 도울 목적 외에도 카라 데 앙헬이 아름다운 카밀라에게 흑심을 품었기 때문에 벌인 일입니다. 그러다가 카라 데 앙헬은 진짜로 카밀라를 사랑하게 됩니다. 카날레스의 동생들이 후환이 두려워 카밀라를 문전박대하는 모습을 보면서, 또 아버지의 생사 확인이 안 되어 전전긍긍하던 그녀가 폐렴에 걸려 사경을 헤매면서 측은한 마음에 사랑이 싹튼 것입니다. 그리고 사랑의 힘으로 죽음을 막아보라는 어느 심령술사의 조언을 받아들여 결혼까지 합니다. 카밀라는 회복합니다. 처음에는 당연히 대통령의 심복인 카라 데 앙헬을 경계했지만 의지할 곳 없는 신세가 되어서인지 결국에는 그의 사랑을 감사하는 마음으로 받아들입니다.

　이 일로 독재자는 영 심기가 불편해집니다. 카라 데 앙헬이 시키지도 않은 짓을 해서 카날레스 장군의 도주 중 체포라는 계획이 틀어진 것도 마뜩지 않은데, 장군의 딸과 결혼까지 해버렸으니 말입니다. 어느 날 카라 데 앙헬을 부릅니다. 그런데 질책 대신 뜻밖의 이야기를 듣게 됩니다. 대통령의 명령으로 결혼 기사가 신문에 실렸다는 것입니다. 대통령과 카밀라를 집에도 들이지 않은 숙부가 하객으로 참석했다는 가짜 뉴스입니다. 카라 데 앙헬은 대통령의 속셈이 뭘까 싶어 전전긍긍합니다. 그런데 이 가짜 뉴스는 도망친 장군을 향한 것이었습니다. 카날레스 장군은 국경을 넘어 도망쳤다가 혁명을 일으킨 참이었습니다. 그런데 혁명의 날 아침 식사를 마칠 무렵 급사합니다. 신문을 보면서 식사하다가 결혼식 기사를 보고 사랑하는 외동딸이 철천지원수가 축하하는 가운데 원수의 부하와 결혼했다는 사실에 경악한 것입니다.

카라 데 앙헬도 "세련된 잔혹함"을 피하지 못합니다. 카밀라가 임신했을 때, 대통령은 그에게 워싱턴 출장을 명령합니다. 그러고는 중간에 체포해서 아무도 모르게 지하감옥에 처넣습니다. 카밀라는 남편에게 소식이 없어 전전긍긍하게 되고요. 독방 생활, 하루에 두 시간만 들어오는 빛, 불결한 음식과 온갖 벌레들, 하루 한 번 줄에 매달아 내려 보내는 깡통에 대소변을 해결해야 하는 비인도적 처우 속에서 카라 데 앙헬은 임신한 카밀라를 생각하며 겨우겨우 버팁니다. 그러던 어느 날 또 다른 죄수가 들어옵니다. 카라 데 앙헬은 묻습니다. 이런 곳에 들어올 정도면 대통령과 관련된 죄라도 지은 것이냐고. 여러 번 물은 끝에 겨우 답을 듣습니다. 길에서 너무 아름다운 여인을 만나 넋 놓고 따라갔는데, 하필 그녀가 대통령의 애인이라서 체포되었다고요. 그런데 그 여인에 대한 묘사가 기가 막힌 것이었습니다. "장군의 딸이었고, 남편이 무정부주의자로 감옥에 갇히게 되었는데, 그 여자는 자신을 버린 남편에 대한 복수로 대통령의 연인이 되었다는 겁니다." 그리고 이름까지 알려줍니다. 물론 카밀라입니다. 이미 심신이 피폐할 대로 피폐해진 상태였던 카라 데 앙헬은 절망에 몸부림치며 죽어갑니다. 대체 어떻게 된 것일까요? 또다시 날조된 이야기였습니다. 아무나 붙잡아놓고, 가짜 소식을 카라 데 앙헬에게 전하지 않으면 풀어주지 않는다고 협박한 뒤 같은 감방에 집어넣은 것이었습니다.

　그러나 섬뜩한 장면들과 "세련된 잔혹함"만으로 『대통령 각하』가 성공한 것은 아닙니다. 『대통령 각하』는 형식적으로도 선구적 작품이었습니다. 독재(자)소설은 물론, 라틴아메리카 현대소설 전체로 범위를 넓혀도 말입니다. 라틴아메리카 소설이 1960년대에 세계문학의 반열에 오를 수 있었던 원동력은 전위주의와 모더니즘의 혁신적인 기법을 창조적으로 수용하여 라틴아메리카 역사와 사회의 질곡을 다루었기 때문입니다. 만일 리얼리즘이나 사회주의 리얼리즘 기법에 의존했다면 당시 하늘을 찌르던 라틴아메리카인들의 공분을 지나치게 직접적으로 표출하여 작품성을 떨어뜨릴 수도 있었을 텐데 말입니다.

　『대통령 각하』는 특히 표현주의와 초현실주의 기법을 적극 차용했습니다. 표현주의는 내면의 감정을 주관적으로 표출한 예술입니다. 특히 고통에 찬 내면을 어떻게 고스란히 전달할 수 있을지를 고민한 예술입니다. 그래서 표현주의 작품들은 대체로 강렬하고 섬뜩한 이미지들에 의존합니다. 표현주의의 전성기는 1910~1914년의 독일이었지만, 선구적 작품 중 하나로 뭉크의 〈절규〉(1893)가 꼽히는 이유가 그 때문입니다. 『대통령 각하』에서 펠렐레가 살인을 저지른 후 도망치던 중 꾼 꿈 역시 섬뜩한 이미지의 연속입니다.

펠렐레는 계속 꿈을 꾸었다. 이제는 큰 정원에서 가면들에 둘러싸인 자신의 모습을 보았다. 이윽고 그는 그 가면들이 두 마리의 수탉이 싸우는 것을 바라보는 사람들의 얼굴이라는 것을 알게 되었다. 투계는 불에 타는 종이처럼 치열했다. 싸우던 한쪽 닭은 관중의 유리와 같은 시선 속에서 고통 없이 숨을 거두었다. 관중은 닭발에 매달아 놓은 면도날이 아치 모양으로 피와 진흙으로 범벅이 되어 나오는 것을 보며 열광했다.

펠렐레의 트라우마와 관련 있는 장면입니다. 투계꾼 아버지가 어머니를 몹시도 괴롭힌 데에서 그의 트라우마가 생겼기 때문입니다. 꿈이라지만 투계 시합장에 있는 것 자체가 영혼이 갈기갈기 찢어지는 경험입니다. 더구나 가면 같은 얼굴을 한 사람들은 피와 진흙으로 범벅된 면도날을 보고 열광합니다. 가면은 아마도 그토록 끔찍한 장면을 보면서도 아랑곳하지 않는 사람들의 비인간성을 표현한 것이겠죠.

아스투리아스는 초현실주의 기법도 능란하게 구사합니다. 초현실주의는 프로이트의 정신분석학에 영향을 받아 인간의 무의식을 탐구하고자 했고, 무의식의 추이를 예술가의 의식적 개입 없이 그대로 옮기는 자동기술법은 가장 효과적인 수단이었습니다. 『대통령 각하』에서 혼수상태에 빠진 카밀라의 무의식이 서술된 대목이 자동기술법의 진수를 보여줍니다.

카밀라는 혼수상태에서 혼잣말로 중얼거렸다.
꿈의 유희…… 장뇌유의 저수지들…… 천천히 대화하는
별들…… 보이지 않고 짭짤하며 벌거벗은 허공의 접촉……
손의 이중 경첩…… 손 안에 쥐어진 손의 무용함……
향수를 넣은 비누에…… 책의 정원 안…… 호랑이가 있는
곳에서…… 잉꼬들이 있는 저기 저 넓은 곳…… 주님의 새장
안에서……

1923년부터 1933년까지 파리에 체류했던 아스투리아스에게 전위주의는 대단히 친숙한 것이었습니다. 몽파르나스의 카페들을 무대로 로베르 데스노스와 루이 아라공과는 절친이 되었고, 짜라와 브르통 등과도 교류했기 때문입니다. 그밖에도 제임스 조이스, 피카소, 폴 발레리 등과도 친분을 쌓았으니 아스투리아스는 그야말로 당대 예술 트렌드의 한가운데에 있었다고 할 수 있죠. 그래서 아스투리아스가 전위주의 기법을 적극적으로 차용한 일이 대단하게 여겨지지 않을 수도 있습니다. 서구 작가들이 주도한 일이고, 라틴아메리카 작가들 중에서 세사르 바예호와

파블로 네루다를 비롯한 몇몇 시인은 전위주의를 접목시켜 자신의 대표작이라고 꼽을 만한 작품들을 이미 내어놓은 뒤였기 때문입니다.

그러나 라틴아메리카 소설의 영역에서는 이야기가 다릅니다.『대통령 각하』가 1925년에서 1932년 사이에 주로 집필되었다는 점을 다시금 주목해야 합니다. 아직 그 어떤 라틴아메리카 소설가도 전위주의를 창조적으로 수용하지 못하고 있을 때였습니다. 그것이 실현된 시기는 붐 세대에 이르러서이니,『대통령 각하』는 이 세대 작가들의 대표작들보다 무려 30~40년 앞선 작품입니다. 아스투리아스의 파리 시절 절친이었던 알레호 카르펜티에르와 아르투로 우슬라르 피에트리도 각각 1933년에『에쿠에-얌바-오』, 1931년에『붉은 창槍』을 쓰기는 했지만『대통령 각하』만큼 전위주의 기법을 성공적으로 녹여낸 작품들이라고 보기는 힘듭니다. 또 놀라운 사실은 보르헤스가 훗날 서구 문단과 지성계를 뒤흔든 철학적 단편들을 처음 쓴 해가 1938년이고, 대표작『픽션들』과『알레프』는 각각 1944년과 1949년에 출판되었다는 점입니다.『대통령 각하』와 비슷한 시기이고, 집필 시기만을 놓고 보면 아스투리아스가 더 빨랐던 것입니다. 따라서 아스투리아스는 라틴아메리카 소설의 위대한 여정을 예고한 첫 작품을 쓴 작가인 셈입니다.

서구 전위주의의 역사에서도 선구자로서 아스투리아스의 기여를 인정할 대목이 있습니다. 전위주의는 소비에트혁명과 결코 무관하지 않은 예술 흐름이었습니다. 예술과 정치의 분야에서 각각 낡은 전통 혹은 체제와 극단적인 단절을 선언한 공통점이 있거든요. 실제로 초현실주의 시인들 중에서는 소비에트혁명에 경도되어 시와 혁명이 양립할 수 있다고 굳게 믿은 이들이 있었습니다. 이를테면 프로이트와 마르크스가 양립 가능하다고 생각한 것이죠. 그런데 이들의 생각이 이해되고 추인되기 시작한 것은 프랑크푸르트학파에 의해서였습니다. 막스 호르크하이머가 프랑크푸르트 대학교의 사회연구소 소장이 된 1930년이 이 학파의 기원이니 아스투리아스가 『대통령 각하』를 쓸 때와 동시대의 일입니다. 물론 정확히 말하자면, 이 소설을 쓸 때의 아스투리아스는 전위주의와 마르크스주의의 양립이라기보다는 전위주의와 참여문학의 양립을 시도했습니다. 그러나 당대의 마르크스주의 문학 비평가들이 대체로 프로이트에게 적대적이었다는 점을 고려하면, 『대통령 각하』를 통해 그러한 양립이 가능하다는 것을 입증한 것만으로도 대단한 성과가 아닐 수 없습니다.

『대통령 각하』에서는 곳곳에서 이런 시도를 볼 수 있습니다. 그리고 가장 돋보이는 점은 전위주의가 독재(자)로 인해 피폐해지고 말살되는 인간성을 형상화하는 데 대단히 유효한 수단이라는 사실을 보여주었다는 점입니다. 앞서 언급한 펠렐레의 꿈, 무덤이 된 여인 페디나, 혼수상태에서 전개되는 카밀라의 무의식 모두 좋은 사례입니다. 물론 펠렐레의 경우는 독재(자)와 직접 관련이 있는 것은 아닙니다. 그러나 아버지의 어머니 학대와 그에 따른 펠렐레의 트라우마는 독재 상황 속에서 인간이 얼마나 피폐해지는지 충분히 유추하게 해줍니다.

페디나는 독재와 고문 때문에 인간 자체가 아예 파괴된 사례입니다. 살아 있는 인간이 죽음의 상징인 무덤과 동일시되고 있을 정도로요. 죽은 아기의 시체를 꼭 껴안고 미동도 하지 않고, 눈도 뜨기를 거부하고, 입도 열지 않는 그녀의 모습을 상상해 보십시오. 이보다 더 표현주의 회화나 영화에 어울리는 장면이 있을까요?

카밀라의 파편화되고 두서없는 의식의 흐름도 독재자의 명령 한마디에 집안이 풍비박산되고 그로 인해 산산조각이 난 그녀의 영혼에 대한 절묘한 형상화입니다. 아버지는 생사를 모르고, 유모는 실성해서 죽고, 후환을 두려워하는 숙부들은 모른 척하고, 대통령 심복은 까닭 모를 친절을 베푸는 일들을 겪는데 어떻게 카밀라의 영혼이 갈기갈기 찢어지지 않을 수 있겠습니까? 그가 라틴아메리카 소설가로서는 최초로, 그것도 파블로 네루다라는 강력한 경쟁자보다 4년 먼저 노벨문학상을 수상할 수 있었던 것

은 전위주의와 참여문학의 양립이라는 혁신적인 실험을 성공적
으로 해냈기 때문이 아니었을까요? ¶

미겔 앙헬 아스투리아스

Miguel Ángel Asturias

1899~1974

1899년 과테말라시티의 인텔리 집안에서 태어났다. 1905년
부친이 반독재 시위로 구금된 대학생들을 풀어주면서 파면
되고, 생명의 위협을 느껴 1908년까지 소도시에 거주하게 되
면서 유모의 영향으로 선주민 세계에 친숙하게 되었다. 대학
졸업 후 사회 비판적 활동을 하다가 신변의 위협을 느껴 도
피성 유학을 떠났다. 1923년부터 소르본 대학에서 인류학
을 전공했으며, 프랑스인 스승의 영향으로 마야 문명 연구와
소개에도 매진했다. 전위주의 예술가들 및 젊은 라틴아메리
카 문인들과 곧잘 어울리던 행복한 삶을 뒤로하고 1933년 귀
국하였다. 1938년부터 과테말라 최초의 라디오 뉴스 프로그
램을 친구와 같이 방송하면서 크게 인기를 끌기도 했다. 그
러나 이 프로그램의 잦은 대통령 동정 소개 때문에 민주 정
부가 들어선 직후에는 독재 정권에 부역했다는 오해를 사기
도 했다. 다행히 칠레 시인 네루다 등의 적극적인 옹호 덕분
에 오히려 외교관이 되어 1948년 부에노스아이레스에 부임

했다. 그리고 1946년 발표한 첫 장편소설 『대통령 각하El señor presidente』가 부에노스아이레스에서 재출간되면서 유명 작가 반열에 올랐다. 파리를 거쳐 주 엘살바도르 대사로 재직 중이던 1954년 과테말라에 친미·독재 정권이 들어서면서 이듬해부터 아르헨티나, 칠레, 유럽 등지를 떠돌며 망명 생활을 했다. 1966년 새로운 정권 하에서 복권되어 주 프랑스 대사를 지냈다. 1967년 라틴아메리카 문인으로는 두 번째, 소설가로는 최초로 노벨문학상을 수상했다. 1974년 마드리드에서 사망했다.

대통령 각하

El señor presidente

1946

아스투리아스의 출세작『대통령 각하』는 마누엘 카브레라 에스트라다 독재 시대(1898~1920)를 다룬 작품이다. 라틴아메리카 현실과 전위주의(특히 표현주의와 초현실주의)를 절묘하게 양립시킨 소설, 라틴아메리카 독재자 소설 장르의 대표적 소설이자 마술적 사실주의의 선구적 작품으로 극찬을 받았다. 아스투리아스의 첫 장편 소설이자 사실상 첫 작품이다. 그의 첫 단편집『과테말라의 전설Leyendas de Guatemala』이 과테말라 선주민들의 전래 이야기 채록집에 가까워서 완전한 창작집이라고 보기 어려운 면이 있기 때문이다. 사실상 첫 작품으로 일약 라틴아메리카를 대표하는 작가가 되었다는 점도 놀랍지만, 이 작품의 집필이 파리 시절인 1925년에서 1932년에 주로 이루어졌다는 점은 특히 그렇다. 1920년대의 젊은 라틴아메리카 소설가들은 한편으로는 세계문학의 트렌드에 뒤처지지 않으면서도, 다른 한편으로는 문학적 독립이라는 거의 불가능해 보이던 꿈을 지니고 있었다. 그리

고 이들 중에서 가장 먼저 대작을 쓴 이가 아스투리아스였다. 심지어 호르헤 루이스 보르헤스조차 1930년대 후반에야 자신을 불멸의 작가로 만든 단편들을 쓰기 시작했으니 말이다. 아스투리아스가 1960년대에 소위 참여문학파를 이끌며 순수문학 진영의 상징적 존재였던 보르헤스와 비교되곤 했던 일도, 파블로 네루다보다 먼저 노벨문학상을 수상하게 된 일도, 또 가브리엘 가르시아 마르케스보다 먼저 마술적 사실주의 문학 세계를 구현한 선구적 작가로 꼽히는 일도 『대통령 각하』가 출발점이 되었다.

우석균

서울대학교 라틴아메리카연구소에서 HK교수로 재직 중이다. 동대학 서어서문학과를 졸업하여 페루가톨릭대학교에서 히스패닉문학을, 마드리드콤플루텐세대학교에서 중남미문학을 전공했으며 칠레대학교, 부에노스아이레스 국립대학교에서 수학하였다. 주요 저서로는 『라틴아메리카를 찾아서』, 『바람의 노래 혁명의 노래』, 『잉카 in 안데스』 등이 있으며 역서로 『부에노스아이레스의 열기』, 『네루다의 우편배달부』, 『야만스러운 탐정들』 등이 있다.

문학이 세계를
바꾸는 방식

스베틀라나 알렉시예비치의
목소리 소설

최진석

2015년 10월 8일, 스웨덴 한림원은 108번째 노벨문학상의 수상자로 벨라루스 출신의 작가 스베틀라나 알렉시예비치를 선정했습니다. 이 뉴스를 처음 접했을 때 대부분의 한국인들은 "스베틀라나 알렉시예비치가 누구지?"하는 반응들을 보였지만, 유럽에서는 이전부터 꽤 이름을 알리던 작가였죠. 독일이나 프랑스 등의 유럽에서는 그녀의 책이 대부분 번역되었고, 1998년 이래 여러 문학상들을 수상하면서 널리 이름을 알려가던 중이었거든요. 하지만 그렇게 높은 인지도가 있었음에도 그녀가 정말 노벨문학상을 탈 것이라 예상한 사람들은 별로 없었답니다. 2013년부터 수상 후보로는 계속 거명되었어도, 아직 상을 타지 못한 문호들이 수두룩하게 남아있었기에 그녀의 차례는 아직 멀리 있다고 생각했던 탓이지요.

'낯선 문학'의 작가와 글쓰기

스베틀라나 알렉시예비치는 1948년 5월 31일 우크라이나에서 태어났습니다. 그런데 위키피디아라든지 여러 언론자료들을 보면 벨로루시 사람이라고도 나와 있어요. 세계 지리에 익숙하신 분들은 아시겠지만 지금 현재 우크라이나와 벨로루시는 서로 다른 나라지요. 정확히 말하면 알렉시예비치는 우크라이나에서 태어나 벨로루시에서 활동하는, 그래서 벨로루시 국적으로 남게 된 우크라이나인이라고 할 수 있습니다. 소련 시절에는 두 나라가 '소비에트 연방'이라는 이름으로 통합되어 있었기에 가능한 일이었죠. 이런 혼동은 우리만 느끼는 게 아니라 유럽에서도 비슷하다고들 합니다. 워낙 많은 나라들이 섞여 있다 보니 저 북방 변경의 작은 나라, 더구나 소련 근처에서 최근에 독립한 나라의 존재감이랄까, 그 정체성에 대해 명확히 모르고 있기에 발생하는 일이겠죠. 알렉시예비치가 러시아 사람이냐고 묻는 경우도 없지 않습니다. 서구인들에게 그럴 정도니 한국인들에게는 두말 할 것도 없죠. 그녀가 노벨상을 탔다는 소식이 들렸을 때 다들 러시아 문학이 재등장한 것이냐고 반응하기도 했거든요. 그런데 여기에는 그다지 간단하지 않은 뒷이야기도 있습니다.

알렉시예비치가 갑자기 우리의 흥미를 끌었던 것은 그녀가 수상에 관련하여 언론에 풀어놓은 두 가지 소회 때문이었습니다. 그 하나는 상금을 받은 덕에 앞으로 얼마간 창작에만 집중할 수 있어 다행이라는 것이었고, 다른 하나는 자신의 수상이 조국의 민주화에 기여하길 염원한다는 것이었지요. 둘 다 작가적 진정성에 값하는 내용들이지만, 성격은 사뭇 다릅니다. 상금 얘기가 글쓰기를 업으로 삼는 문인의 절실한 소망을 담는다면, 민주화는 작가가 자기의 조국과 맺는 불화를 드러냈다는 점에서 다소 놀랄 만한 언급이니까요. 우리에게 노벨상과 같은 '세계적 수준'의 상패란 비단 개인의 영광일 뿐만 아니라 '국격'을 드높이는 영예로운 기회라고 여겨지지 않나요? 누군가 노벨상을 타면 '가문의 영광'이요, '국가의 명예'라 이 말이지요. 최근까지도 수상을 기대하며 원로시인이나 소설가의 집 앞에 진을 치고 밤을 새우던 언론의 취재열은 개인과 국가의 일체감을 당연하게 받아들이는 한국적 상황을 빼놓고는 이해할 수 없는 일일 듯합니다.

수상식 직후 알렉시예비치가 고국 벨라루스나 문학적 조국인 러시아와 벌인 설전은, 그래서 호사가적 관심사를 넘어서는 측면이 있습니다. 문필활동을 하는 동안 그녀는 구 소련의 정치제도나 사회적 규범과 끊임없이 충돌을 빚어왔기 때문이죠. 알렉시예비치 본인은 우크라이나 태생을 자랑스럽게 여기며, 러시아 문학의 자양분을 흡수했다는 점을 긍정적으로 시인하는 편입니다. 조국 벨로루시에 대한 반감은, 정확히 말해 그 억압적 정치체제에 대한 것이라 단언하고요. 나아가 그녀는 자신이 소비에트의 전통 위에 있음을 당당히 선언하는 편입니다. 소련의 공산주의 정치에 대해 호감을 가진 게 아니라 소련 시절에 살았던 다양한 사람들, 그들의 삶을 이해하고 자신이 그 삶의 한가운데서 성장했다는 점을 인정하는 것이지요. 다만 억압적 정치체제로서의 공산주의와 그 과거에 대해서는 반대하는 입장을 취하고 있어요. 이런 감정은 현재 벨로루시나 러시아 연방의 정치에 대해서도 동일하게 지속되고 있고요. 그녀가 노벨상을 수상했다는 소식이 처음 들렸을 때 러시아에서는 아주 반기는 분위기였다고 합니다. 러시아 작가가 상을 탔다고요. 하지만 그녀가 러시아 문학의 원천은 인정해도 현재 러시아에 대해서는 거리감을 표명하자 곧장 그녀에 대한 비아냥이나 반대 의견이 쏟아지기도 했답니다.

반골反骨 감정이랄까, 알렉시예비치의 문학적 성향에도 확실히 그런 부분이 포함되어 있습니다. 이는 그녀가 좁게는 개인과 사회의 불화를 작품 주제로 선택한 데 따른 결과지만, 넓게는 '전체'라는 다수성에 포획되지 않는 소수적 흐름을 대변해 왔음을 증명해 줍니다. 자신이 겪었던 공산주의의 역사, 현대사의 질곡이 그녀의 글쓰기에 온전히 녹아들어 있기 때문이에요. 가령 『마지막 목격자들』이나 『아연 소년들』은 전쟁 중에 말없이 살해된 아이들을 주인공으로 내세운 작품이고, 『체르노빌의 목소리』는 국가의 일방적인 핵정책이 초래한 재앙의 희생자들을 묘사한 책입니다. 이른바 '소비에트 유토피아'가 종말을 고한 후 냉혹한 자본주의적 현실에 내던져진 사람들을 직설적으로 전시하는 게 그녀의 지속적인 작업주제였는데, 이는 그녀의 또 다른 작품 『세컨드 핸드 타임』에 잘 드러나 있습니다. 이렇듯 알렉시예비치 문학의 진정성은 작품과 실제 삶의 여정, 즉 '사실의 세계'가 일치한다는 데서 성립한다는 게 그녀의 작품세계에 대한 총평입니다. 삶이 허구일 수 없듯, 글쓰기도 허구일 수 없다는 믿음이 여기 깔려 있지요.

이에 대한 생생한 증명을 우리는 알렉시예비치의 첫 번째 작품으로서 한국어판이 출간되자마자 화제를 불러 모은 책 『전쟁은 여자의 얼굴을 하지 않았다』에서 발견할 수 있습니다. 1983년에 탈고한 이 작품은 소련의 영웅적 전쟁인 제2차 세계대전을 비하했다는 이유로 거듭 출판을 거부당하다가 1985년에야 검열된 판본을 간행할 수 있었답니다. 삭제된 부분들이 복원되기 위해서는 다시 십 년 이상을 더 기다려야 했지만, 초판이 나온 즉시 다수의 서구어로 번역되면서 '반소비에트 문인'으로 세계의 이목을 끌게 되지요. 이 작품의 중요성은 무엇보다도 국가통치와 남성지배의 전유물인 전쟁에서 상처받고 배제된 존재들, 억압되고 침묵을 강요당함으로써 목소리를 잃어버린 여성들의 말을 복원시켜 주었다는 점 때문입니다. 타자의 목소리에 귀기울이고 그것을 언어화했다는 점이 알렉시예비치 문학의 진정성과 윤리를 담보한다는 겁니다.

이런 작가의 주제의식에 기여하는 것이 글쓰기의 형식입니다. 사실 알렉시예비치가 우리에게 낯선 까닭은 단지 그녀가 잘 알려지지 않았기 때문만은 아니에요. 차라리 그녀의 글쓰기 방식이 우리에게 익숙한 문학의 형식이 아니라는 게 더 주요합니다. 문학적 형상화의 방법으로서 그녀가 채택한 것은 소설적 허구fiction가 아니라 사실facts의 조합, 즉 도큐멘테이션이거든요. 그녀는 흔한 소설작법론에 따라 인물과 배경을 창조하고 사건 속에 구축하여 가상의 현실을 만들지 않습니다. 대신 실제로 현존하는 사람들의 목소리를 채록하여 텍스트 위에 그대로 풀어놓았다는 게 특징적입니다. 작가 자신의 감회나 성찰이 개입한 대목들도 없진 않으나, 대개 그것들은 수집된 도큐멘트와 명확히 분리됨으로써 사실의 사실성을 한층 강조해 주고 있습니다. 극도로 객관화된, 사실 자체가 뿜어내는 진실성이 삶의 진정성과 문학의 윤리까지 보장해 준다고 할까요? 한 마디로, 알렉시예비치의 작품은 전통적인 의미에서의 상상적 문학이 아니라 르포르타주에 더 가깝다는 걸 느끼실 겁니다. 그녀의 글쓰기 앞에서 문학의 오랜 기둥을 담당해온 허구의 우월성은 무력하다 못해 무용해져 버린 느낌마저 들거든요. 어쩌면 '팩트'야말로 문학의 진정성과 윤리를 지탱하는 지주가 된 것은 아닐지 반문할 정도니까요.

허구와 사실, 문학의 진정성은 어디에서 오는가?

『전쟁은 여자의 얼굴을 하지 않았다』는 한국어 번역본으로도 근 500여 쪽을 상회하는 상당한 분량을 자랑하는 책입니다. 아마 책읽기에 어지간히 이력이 난 분이라도 읽기가 쉽진 않을 겁니다. 반대로, 술술 풀려나가는 맛에 읽는다면 금세 마지막 페이지에 도달할 수도 있겠지요. 한국어 번역본이 무리 없이 잘 번역되어 있으므로, 오늘 강연은 번역본을 기준으로 이야기하려 합니다.

책의 첫 50여 쪽 정도는 초판에서 검열로 제외되었던 부분들로서 알렉시예비치 자신의 일기와 기록, 대화 및 소소한 잡기雜記들로 이루어져 있고, 나머지는 모두 작가가 취재한 사람들의 이야기로 채워져 있습니다. 본문은 "나 혼자만 엄마한테 돌아왔어", "우리집엔 두 개의 전쟁이 산다", "그건 내가 아니었어", "우리는 쏘지 않았어", "군인이 필요하다는 거야… 아직은 더 예쁘고 싶었는데", "갑자기 미치도록 살고 싶어졌어" 등과 같이 몇 가지 소주제들로 묶이기는 했으나, 각 장마다 작가의 도입을 포함하여 십여 명, 혹은 더 많은 증인들의 말을 담고 있어요. 작가의 작품에 '목소리 소설'이라는 독특한 별명을 부여하게 된 근거가 거기에 있답니다. 이런 점들이 그녀의 작품을 '소설'로 간주하기 어렵게 하고 일종의 다큐물, 혹은 르포르타주로 여기게 만들지요. 각 단락은 증인들이 작가와 마주 앉아 대화를 나누는 상황을 재현하듯, 이야기를 들려주는 형식으로 서술되어 있어요. 가령 이런 식으로 말이죠.

"나는 영웅이 아니야… 나는 어렸을 때 꽤 예뻤어. 귀여움을 많이 받고 자랐지…전쟁이 터지자… 나는 죽고 싶지 않았어. 처음 총을 쏠 때 얼마나 무섭던지. 내가 총을 쏘게 될 줄 누가 알았을까? 나는 원래 캄캄하고 울창한 숲도 무서워하는 아이였어. 당연히 짐승도 무서웠고… 아… 늑대나 멧돼지를 만난다? 정말 상상도 할 수 없는 일이었지. 어렸을 때 나는 개도 무서워했어. 커다란 양치기개한테 물린 적이 있는데, 그때부터 그렇게 개가 무서운 거야. 나는 그런 사람이었어…"

"…남편과 나는 마가단에 살았어요. 남편은 운전기사로

일했고 나는 검표원이었죠. 전쟁이 시작되지마자 우리는 둘 다 전선으로 가겠다고 지원했어요. 그랬더니 우리를 필요로 하는 곳에서 일을 하라더군요. 우리는 스탈린 동지 이름 앞으로 5만 루블(당시에 5만 루블은 꽤 큰돈이었어요. 우리가 가진 전 재산이었죠)을 보내며 '탱크 만드는 데 보태라. 우리 두 사람 모두 전선으로 가기를 원한다'는 내용의 전보를 쳤어요."

"어렸을 때… 어릴 적 이야기부터 할게… 전선에서 내가 제일 두려웠던 건 어린 시절 추억이었어. 그래, 바로 내 어린 시절. 전쟁터에서 가장 행복했던 순간을 떠올린다… 그건 안 될 일이었어…전쟁터에선 금기였지."

"나는 좀 다른 이야기야… 나는 기도하면서 위로를 받아. 딸아이를 위해 기도하지… 엄마가 즐겨 쓰시던 속담이 생각나. 엄마는 '총알은 바보고 운명은 악당이다'라는 말을 자주 하셨어. 안 좋은 일이 생길 때마다 그 속담을 인용하셨지. 총알 한 개와 사람 한 명이 있다고 칠 때, 총알은 저 좋은 데로 날아가버리면 그만이지만, 사람은 운명의 손아귀에 휘둘린다면서."

'나'로 시작하는 1인칭 문장이나, 상대방을 염두에 둔 상황묘사적 문투와 직접성을 최소화한 인용문으로 쓰였는데요. 이 요소들은 독자들로 하여금 알렉시예비치의 작품을 허구적 창작물이 아니라 실제적 기록물로, 현실에서 직접 취재한 객관적 사실들의 집합으로 인식하게 만들어 줍니다. 이 책을 읽는 독자라면 마치 영화 속 장면들을 바라보듯 이야기를 뒤좇아 갈 수도 있을 겁니다. 실제로 많은 독자들이 작품이 선사하는 감동의 원천을 실존하는 인물들의 기억에서 발견했다고 고백한 바 있습니다. 실제 체험, 사실의 기록이야말로 감동의 원천이란 뜻이겠죠. 비평가들의 중평 역시 이야기의 진정성은 그와 같은 사실성에서 연원한다는 데 모아졌으며, 작품의 윤리 또한 큰 따옴표에 보존되어 있는 증언자들의 생생한 목소리에 기인한다고들 하지요.

하지만 조금만 주의를 기울여 보면, 이 작품에 대한 그러한 해석들이 내포한 모순이 드러납니다. 사람들이 이 작품에서 감동을 발견하는 지점은 대개 그 형식이 아니라 내용이기 때문이에요. 앞서 언급했듯 이 작품이 노벨상을 수상한 이유, 그리고 독자들의 공감을 불러일으키는 원인으로 흔히 거론되는 것은 여성이라는 타자의 시점을 내면화해 서술했다는 점입니다. 남성의 권위에 짓눌린 채 복종을 강요받던 여성들의 목소리가 터져 나오고, 그네들의 진솔한 감정이 언어화되었을 때 이 작품은 문학의 윤리를 실현하고 있다는 평가가 그렇지요.

그런데 이런 사전 정보를 깔고 작품을 읽다보면 당혹감에 휩싸이지 않을 수 없습니다. 작가가 인터뷰한 증인들의 상당수는 물론 여성들이에요. 그들이 호소하는 삶의 비극은 전쟁으로 인해 빼앗기고 훼손된 여성의 삶과 권리로부터 연유하는데, 문제는 그렇게 박탈당한 여성성이 전통적인 가부장제 하에서 형성된 여성의 이미지에 굉장히 가깝다는 데 있습니다. 증언자들은 여성으로서 '정상적인' 삶을 살지 못한 자기들의 일생을 한탄하고 슬퍼하며, 남자들이 일으킨 전쟁을 원망합니다. 그들이 전쟁에 반대하는 근본적인 이유는 그것이 '남자들의 일'이기 때문이에요. 그들의 슬픔은 남성성의 반대편에 놓인 '여자들의 일'을 제대로 누려보지 못했다는 사실에서 기인하는 것이지요.

"단번에 그렇게는… 금방 그렇게는 되지 않았어. 증오하고
죽이고… 그건 여자들 일이 아니야. 정말 할 짓이 못 돼…
스스로를 설득해야만 했어. 잘하는 일이라고… 계속
스스로를 납득시켜야만 했지…."

"남자들은 전쟁에 다녀왔기 때문에 승리자요, 영웅이요,
누군가의 약혼자였지만, 우리는 다른 시선을 받아야

했지. 완전히 다른 시선… 당신에게 말하는데, 우리는
승리를 빼앗겼어. 우리의 승리를 평범한 여자의 행복과
조금씩 맞바꾸며 살아야 했다고. 남자들은 승리를 우리와
나누지 않았어. 분하고 억울했지… 이해할 수가 없었어…
전선에서는 남자들이 우리를 존중했고 항상 보호해줬는데.
그런데 이 평온한 세상에서는 남자들의 그런 모습을 더
이상 볼 수가 없는 거야. 퇴각하다가 땅바닥에 누워 쉴
때면 우리에게 자기들 외투를 벗어주고 본인들은 얇디얇은
군복만 입고 버티던 남자들이었는데.”

“남자들이야 다리가 어찌되든 무슨 상관이겠어? 남자들은
설사 다리를 잃는다 해도 그렇게 무서운 일이 아니었지.
어쨌든 영웅이 될 테니까. 결혼도 문제없고! 하지만 여자가
다리병신이 되면, 그걸로 인생은 끝난 거야. 여자의
운명이지…”

“나는 사랑을 꿈꿨어. 집과 가족을 원했지. 집안에서
어린아이들 냄새가 나길 바랐어. 첫아이 기저귀를
갈아주면서 냄새를 얼마나 맡았는지 몰라. 아무리 맡아도
싫증이 안 나더라고. 그건 행복의 냄새였으니까…

여자의 행복⋯ 전선에서는 여자의 냄새가 없었어. 전부
남자들이었으니까. 전쟁은 남자의 냄새가 나.”

수백 명의 증언을 수합한 기록이기에 모든 이의 생각이나 감
정이 똑같지 않으며, 따라서 이 책은 하나의 주제의식으로 통일
될 수 없음을 염두에 두어야 합니다. 하지만 우리 대부분이 그러
하듯, 증언자들 대부분 역시 일상생활의 감각과 습관, 사고방식
에 무의식적으로 침윤되어 있으며, 그것은 여성에 관한 구태의연
한 정의를 크게 벗어나지 않습니다. 여성의 삶에 대한 그들의 태
도는 남성적인 것의 정확히 반대편에 놓여 있어요. 물론, 남성적
폭력과 억압에 짓이겨진 그들의 삶과 권리를 부정할 생각은 없습
니다. 압살된 여성성, 그것을 상기하고 언명하는 행위 자체로도
이미 이 소설은 역사에서 ‘배제된 자’인 여성에 대한 공감과 성찰
을 촉구하기에 충분할 것입니다. 하지만 그것은 도덕적일 수는 있
어도 윤리적이지는 않습니다.

도덕과 윤리가 어떻게 다르냐고 물어보실 분이 있을 겁니다.
이걸 니체적 구별이라고도 부르는데요, 잠시 그 이야기를 둘러
가겠습니다. 도덕moral이 가시적이고 규범적이며 습속에 의존하
는 관례라면, 윤리ethics는 비가시적이고 개인의 결단과 행위에 따
라 생성되는 영역이라 할 수 있어요. 즉 도덕은 우리가 당위에 의

해 따라야만 하는 것이고, 윤리는 스스로 결단하여 행위함으로써 구성해야 하는 일이란 뜻이지요. 도덕은 '남자의 일'과 '여자의 일'을 선험적으로 구별지어 놓습니다. 가령 밥짓고 아이를 낳아 돌보는 게 여자의 일이라면, 전쟁에 나가 싸우고 처자를 보호하며 양육하는 것, 잔인성과 엄혹함을 감수하며 여자를 지켜주는 것이 남자의 일이란 식이지요. 남성성의 대칭점에서 형상화되는 여성성, '여자의 일'이란 도덕적 사실에 속합니다. 여자란 본래 그렇다가 아니라, 그렇다고 강요된 것, 개인별 성격이나 생각이 어떻든 여자라면 무조건 해야 할 의무 같은 관념이 그래요. 그것은 아무리 많은 비-남성적인 내용들로 채워져 있어도 근본적으로는 남성의 시선과 척도에 의해 분할된 것이고 선先결정된 일상의 부면입니다.

'여성주의 소설'을 내세우는 알렉시예비치의 증언자들이 호소하는 여성성은, 의외로 이런 도덕의 차원에 넓게 걸쳐져 있어요. 가령 '여자의 행복'에 대해 말하는 부분들이 자주 등장합니다. 거기서 그녀들의 목소리는 애잔하고 절절하며, 그네들이 겪은 시련과 고통의 사연은 가슴 깊이 솟아오르는 동정과 공감을 불러일으킵니다. 하지만 엄밀히 말해 이와 같은 반응은 내용에 따른 판별이지 형식에 의한 것이 아니에요. 개념적으로 말해, 사실의 형식을 내세웠어도 사실의 윤리는 취하지 못한다고 할까요.

즉 남성중심적이고 가부장적인 세상에 맞춰진 여성성의 구별이 알렉시예비치의 소설에도 작용한다는 말입니다. 전쟁은 남자의 일인데 남자들이 무능력해서 여자들이 끌려나와 '여자의 행복'을 누리지 못하니 불행하다는 표현 같은 걸 보면, 이 소설의 등장인물들이 취하는 기본적 태도는 가부장적 사회의식이라고도 볼 만하거든요. 그게 도덕이란 겁니다. '남자라면 마땅히 이렇게, 여자라면 마땅히 저렇게', 그런 식으로 미리 정해놓은 일들의 체계 같은 것이죠.

도덕이 관건일 때 우리는 여성 증언자들의 대척점에서 남성들의 증언을, 그들의 피땀으로 지어진 승리의 서사를 거부할 이유를 찾기 어렵습니다. 전쟁은 남자의 일이기에 전쟁에서 승리한 것은 당연히 남성들의 자랑찬 이야깃거리가 될 수 있단 거죠. 이런 관점은 남성적 권위와 폭력 못지않게 가부장적 책임과 죄책감을 깊이 깔고 있고, 그것은 도덕적 여성성을 지탱하는 강력한 뿌리이기도 합니다. 따라서 이 작품의 주제의식이 '사실' 즉 다큐멘터리적 특징에 있다고 말하면서 여성의 목소리가 지닌 고유성, 혹은 좀 더 학술적으로 말해 여성의 타자성을 거론하는 것은 조금 어색하게 느껴질 수도 있습니다. 흔히 여성의 타자성을 강조하는 것은 이른바 '여자들의 일'과 동일하지 않기 때문이죠. 여성 고유의 권리나 목소리를 여성이 가정에서 아이를 돌보거나 가사노동에 매달리는 일과 같게 볼 수는 없잖아요? 우리가 일상적으로 마주치는 사실의 세계는 곧잘 도덕의 차원과 연결되어 있어요. 우리는 남자라면 마땅히 어떻게 해야 하고, 여자라면 또 어때야 한다고 말하지 않습니까? 그건 도덕의 문제이기에 윤리와 동일하게 볼 수 없다는 것이죠.

우리가 알렉시예비치의 작품을 그저 외적 형식에 따라 분류하고 논의할 때 빠지는 함정은, 그것이 곧 내용에 따른 분별과 다르지 않다는 것, 형식의 윤리가 아니라 내용의 도덕에 함몰된다는 점입니다. 당연히, 일상의 도덕도 충분히 감동적이고, 삶에 대한 유의미한 성찰을 동반할 수 있습니다. 남편과 아이들을 위해 가사를 돌보고, 자신을 희생하는 삶을 살아가며 보람을 느끼는 여성을 가엾다고 볼 권리는 누구에게도 없을 것입니다. 그런 한편으로, 그렇게 규정되는 여성의 삶이 남성적 가치관이나 지배질서의 산물이란 것도 부인하기는 어렵습니다. 옛날 드라마에서 누나가 남동생을 위해 진학을 포기하거나, 여자 대학생이 결혼을 위해 유학을 포기하거나, 남편과 아이를 위해 직장을 그만두는 등의 스토리가 나올 때 현재의 우리가 부당함을 느끼는 이유도 그런 것이죠. 가부장적 사회질서에서 그와 같은 여성의 '양보'는 아름답게 여겨질 수도 있으나, 여성 자신의 고유함, 남성적인 것과는 다를 수밖에 없는 여성의 타자성을 생각하는 방식은 아닐 겁니다. 윤리는 바로 그렇게, 현존의 도덕을 넘어서는 어떤 모험, 시도에서 생겨납니다. 랑시에르라는 프랑스 철학자의 말을 빌면, 도덕은 궁극적으로 기존의 공동체를 지키는 치안적 기능에 복무하는 것입니다. 그래서 도덕적인 것이 종종 비윤리를 함축하거나, 반대로 윤리가 비도덕적으로 지탄받는 경우도 생겨날 수 있어요.

그럼 알렉시예비치의 소설은 어디를 향하는 걸까요? 그녀의 문학이 갖는 진정성은 어디에 있을까요? 도덕인가요, 윤리인가요? 저는 방금 알렉시예비치의 소설에 나오는 여성 등장인물들이 도덕적 경계 안에 머무른다고 말했습니다. 그럼 이 작가의 문학은 단지 우리의 통념에만 복무할 뿐, 별다른 새로운 의미를 갖지 않는 걸까요? 하지만 우리는 알렉시예비치의 문학에서 모종의 파토스를, '형언할 수 없는' 감동을 느끼는 것도 분명하지 않습니까? 작가의 진정성이란 게 분명히 있는데, 그것이 어떤 방식으로 발현했는지 캐물을 필요가 있어요. 달리 말해 그녀의 글쓰기가 어떤 진정성을 일깨우고 문학의 윤리에 관한 질문을 던지고 있다면, 내용이 아니라 형식표현 방식으로부터, 사실의 형식이 아니라 허구의 형식이라는 이중의 시점에서 이야기해 보아야 하는 것입니다.

문학적 허구는 어떻게 윤리를 담아내는가?

팩트, 즉 사실과 허구의 관계나 문학과 무슨 상관인지 궁금하실 분들이 있을 터이기에 조금 이론적인 논의를 해보겠습니다. 어려워서 졸리지 않을까 걱정되신다면 안심하십시오. 짧게, 입맛만 다시는 정도로 지나가려 하니까요.

흔히 문학은 모방의 산물이라 하지요. 그 모방의 그리스어가 '미메시스mimesis'라는 것인데, 현실과 닮아있다는 뜻입니다. 학교 다닐 때 '개연성'이라 배웠던 문학의 특징이 바로 그것입니다. 그런데 곰곰이 뜯어보면, 여기엔 약간 역설적인 측면이 있어요. 미메시스는 현실과 유사하게 만드는 것, 닮도록 제작한다는 뜻인데, 문학의 개연성이란 현실과는 닮았으되 현실은 아니라는 의미가 있거든요. 바꿔 말해 문학, '픽션fiction'이라고 부르는 이 장르는 현실과 닮았지만 현실 자체는 아니라는 간극을 전제합니다. 여러분들이 알고 있는 문학사조 중에 '사실주의' 또는 '리얼리즘'이란 게 있지요? 그게 무슨 뜻입니까? 개연성에 대한 이론이지요. 문학의 사실주의라고 하는 것은, 현실과 굉장히 유사하지만 현실 자체는 아닌 상황을 그려낸다는 뜻 아니겠어요? 허구란 바로 그렇게 비현실적인 현실성 혹은 현실적인 비현실성을 나타내는 말입니다.

이상하게 들리겠지만, 살짝 돌려서 생각해 보면 그리 어렵지 않아요. 우리가 텔레비전 드라마에 나온 살인범과 실제 배우를 혼동하진 않죠? 어떤 배우가 이중인격자로 나왔다고 해서 그가 실제 생활에서도 이중인격이리라 생각지 않는 것처럼 말이죠. 드라마 속 배역은 현실은 아니되 현실과 가까운 허구의 역할입니다. 현실이란 우리가 살아가는 세상의 사실들, 팩트 자체인 거고, 픽션이란 현실과 유사하지만 현실 자체는 아니듯이 말이죠. 그런 의미에서 소설의 개연성이란, 엄밀히 말해서 '비존재'라는 존재론적 지위를 갖습니다. 문제는 그렇게 실제로 존재하지는 않으나 존재한다고 가정할 때, 영화나 소설, 드라마에서처럼 가정하기 위해서는 무엇이 더 필요한가라는 질문에 있어요. 실제로 존재하지도 않는데 우리가 열광해서 보고 듣고 읽는 것은, 거기에는 허구 즉 가짜라는 것 이외에 다른 어떤 게 더 있기 때문이에요.

'재미'라고 답변할 분도 있을 겁니다. 맞아요. 재미가 없으면 누가 현실도 아닌 걸 지켜보고 있겠습니까? 그러니 이 답안은 일단 제하고, 두 번째로 답을 찾는다면 그것은 아마도 진정성, 곧 '윤리'라 할 수 있습니다. 만일 허구가, 즉 소설이 윤리성을 담보하지 않는다면, 비현실적 가상으로서 그것을 작가가 창작하고 독자가 읽어야 할 까닭이 없는 게 아니겠어요? 결국 관건은 허구의 윤리라고 부를 수 있어요. 아, 오해는 마세요. 여기서 윤리는 바른 사람이 되어야 한다는 그런 명령이 아닙니다. 그건 오히려 앞서 이야기한 도덕의 정의겠죠. 니체를 빌어, 우리는 윤리의 새로운 의미에 관해 알아야 하겠습니다. 재미있게도, 허구가 갖는 윤리에 대한 인식이 없다면, 지금 우리가 아는 문학이란 것도 제대로 성립하기 어렵다는 겁니다.

표도르 도스토옙스키의 데뷔작 「가난한 사람들」은 빈민들의 희망없는 삶을 풍자적으로 묘사한 작품이지요. 주인공 마카르 데부슈킨이 얼마나 가난했냐면 외투에 단추 달 돈도 없어서 한겨울에 외투 끝자락을 손으로 여미고 다닐 정도였거든요. 그런 모습이 한없이 우스꽝스럽게 여겨질 지경입니다. 그런데 가난에 대한 이런 우스운 묘사야말로 당대 하층민들의 삶을 독자들에게 진하게 상기시켜 주었고, 비평계에서는 시대 현실을 정확히 묘사한 작품으로 상찬받게 해주었답니다. 도시 빈민의 일상을 진솔하고 눈물겹게 묘사함으로써 삶의 부조리를 깨닫게 해주었다는 것이죠. 데부슈킨은 허구의 인물이고 비현실적이지만, 거꾸로 그의 태도에 대한 윤리적 조명을 통해 독자들의 사회의식을 고양시켜주었다는 말입니다. 허구에도 윤리가 도입되어야 한다는 의미인데, 여기까지만 말한다면 문학의 윤리란 게 도덕과 크게 달라 보이지도 않을 것입니다. 다른 예를 하나 더 들어보죠.

20세기 러시아의 예술이론가들 중에 '형식주의자'로 불린 그룹이 있었습니다. 그들은 문학성, 즉 문학적인 것의 특성은 어디에 있는가라는 물음에 답하려고 노력했어요. 우리는 흔히 문학의 특성을 심미적 감동이나 정서적 즐거움, 도덕적 교훈 등에서 찾는 경향이 있습니다. 틀린 말은 아니지요. 하지만 형식주의자들은 문학성을 추상적인 내용, 특히 도덕적 교훈에서 찾는 것에 반대했어요. 그들에게 문학성이란 다름 아닌 언어의 문제에 있었습니다. 문학작품이 언어로 쓰여져 있고, 그래서 언어를 읽을 때 느껴지는 감각적 쾌감이야말로 문학성의 본질이란 것이었죠. 별것 아닌 것처럼 들려도, 이런 정의는 문학의 오래된 전통에서는 거의 '반역'에 가까운 사건이었습니다. 문학은 인간의 삶에 교훈을 주고, 도덕적인 만족감을 느끼게 해주어야 한다는 게 전통적 관점이었거든요.

형식주의자들의 일원이었던 빅토르 슈클로프스키는 예술작품을 '장치device/technique'들의 집합체로 정의했습니다. 문학작품에 어떤 위대한 사상이 담겨서 그것이 문학성을 갖는 게 아니라, 그 작품을 재미나게 읽도록 만들어주는 언어의 묘미가 문학성을 보증해 준다고 했던 것이에요. 학교 다닐 때 배웠던 김영랑 시인의 「돌담에 속삭이는 햇발같이」를 기억하시나요?

돌담에 속삭이는 햇발같이
풀 아래 웃음짓는 샘물같이

내 마음 고요히 고운 봄길 위에
오늘 하루 하늘을 우러르고 싶다

새악시 볼에 떠오는 부끄럼같이
시의 가슴 살포시 젖는 물결같이
보드레한 에메랄드 얇게 흐르는
실비단 하늘을 바라보고 싶다

이 시가 우리 기억에 남고 재미난 인상을 줄뿐더러 한 편의
'시'로 여겨지는 이유가 어디에 있나요? 인상쓰지 마십시오. 학창
시절에 이미 다들 배우신 겁니다. 'ㄴ, ㄹ, ㅁ, ㅇ'이라는 유음과 비
음이 이어질 때, 그 음악적 울림이 우리에게 즐거운 감정을 일으
키는다는 거잖아요? 바로 그겁니다. 러시아 형식주의자들 역시 이
렇게 작품의 '형식'이 그 작품을 문학적인 것으로 만들어준다고
주장했어요. 그래서 그들이 내세운 시의 정의란 '일상언어에 가
해진 체계적인 폭력'이라는 겁니다. 우리가 늘상 쓰는 말을 기술
적으로 다듬어서 내놓은 게 예술이란 말이지요. 그 과정에서 필
연적으로 나타나는 것은 허구입니다. 여러분이 생활하며 마주
치는 모든 것, 즉 이웃사람, 자동차, 음식, 여행, 감정…. 모든 것이
문학의 소재가 될 수 있어요. 하지만 그 자체로 문학은 아닙니다.

아니면 우리 모두가 다 소설가고 시인이게요? 누구나 알 수 있는 일상소재를 예술화시키는 것이 바로 작가의 과제고, 그렇게 다듬어진 일상생활에는 모종의 허구성이 끼어들게 됩니다. 그래서 '예술=현실+허구'의 공식이 성립하게 됩니다.

허구는 아무렇게나 무작위로 끼워 넣어지는 것은 아니에요. '아버지를 아버지라 못 부르고, 형을 형이라 못 부르는'『홍길동전』에 나오는 율도국은 있을 법한 가상의 섬이지요. 그 섬이 왜 의미있나요? 도둑의 섬이라는 점에서는 우리가 일상을 영위하기 위한 도덕의 범위를 넘어섭니다. 도둑을 좋아할 분은 아무도 없죠? 하지만 우리는 이렇게도 말하잖아요? 부당하게 남의 것을 갈취한 자들은 똑같이 대우받아야 한다고. 그래야 억울함이 풀릴 거라고. 율도국의 홍길동 무리는 권세로 남의 것을 수탈하는 부자의 재산을 빼앗아 억울하게 착취당한 빈민들에게 나누어 주지요. 그래서 우리가 홍길동의 이야기를 읽을 때 환호하고, 율도국을 정의의 상징처럼 여기는 게 아닙니까? 율도국과 홍길동은 비도덕적이지만, 역설적이게도 윤리적 지위에 오르게 됩니다. 도덕보다 윤리가 중요하다는 말의 뜻이 그겁니다. 도덕이 일상의 형식적 규율에 머물러 있다면 윤리는 그것을 깨서라도 삶의 평형을 되찾고 정의를 회복하는 것이거든요. 문학적 허구는 현실과 닮았지만 현실 아닌 것, 즉 허구를 포함합니다. 그 허구는 불가피하게 윤리적 요소를 내포해야 하며, 그렇지 않다면 문학작품은 그냥 무의미한 엔터테인먼트에 불과하게 됩니다. 그래서 제기되는 문제는 허구와 현실을 어떻게 결합할 것인가, 라는 구성의 문제입니다. 작가들이 글을 쓸 때 가장 골머리를 앓는 부분이죠.

자, 정리해 볼까요? 예술이 미적 가치뿐만 아니라 윤리적 차원을 갖기 위해서는 구성의 과정을 빼놓아서는 안 됩니다. 이러한 구성의 다른 이름이 허구란 것은 더 설명 안 해도 아시겠지요. 글쓰기, 즉 문학적 형상화도 마찬가지일 겁니다. 비록 현실에서 사실들을 취했다고 해도, 그것은 궁극적으로 허구라는 구성의 과정을 통과해야만 합니다. 삶의 진정성이나 윤리는 저절로 존재하는 게 아니니까요. 오히려 특정한 입장과 태도로부터 발생하는 관점perspective의 문제입니다. 그 관점은 누군가에 의해 목격되고 해석되는 것으로서, 날것의 사실 자체와 같지 않습니다. 때로는 우리 자신이 직접 목격하고 해석도 하지만, 때로는 타인의 관점을 통과해서만 그럴 수 있어요. 우리가 타인이 될 수 없는 이상, 타인의 관점이란 늘 허구적일 수밖에 없지요. 내 관점도 타인에게는 허구적인 것처럼요. 그러므로 이런 타인의 관점이 윤리성을 띠지 않는다면, 그것은 일종의 폭력이 될 겁니다. 자기 것이 아닌 관점을 강요한 것이니까요.

문학의 윤리란, 바로 그렇게 타인의 관점을 통해 보여지고 해석된 작품이 일상의 도덕적 기준을 넘어서는 작용을 일으킬 때 성립하는 것입니다. 일상적으로 우리가 이미 지키고 있는 도덕을 반복하는 것은 감동이 없죠. 남의 것을 훔치지 말라, 이 기준을 지키는 소설이 뭐가 재미있고 뭐가 감동적이겠어요? 남의 것을 훔치지 말라는 도덕률에도 불구하고, 그것을 넘어서면서 더 큰 진리를 보여줄 때 우리는 놀라게 되고 새로운 혜안에 도달합니다. 소설의 윤리란 바로 그런 것이 되어야 합니다.

목소리 소설, 또는 유령의 이야기란 무엇인가?

알렉시예비치의 작품은 정말 다큐멘터리일까요? 알다시피 다큐멘터리는 사실 그 자체를 작품 속에 옮겨 놓은 것 아닙니까? 그 작가들은 대개 자신이 어떠한 허구도 개입시키지 않고 사실만을 작품에 담았다고 호언장담하죠. 『전쟁은 여자의 얼굴을 하지 않았다』 역시 취재파일 묶음 같은 느낌을 줍니다. 그럼 알렉시예비치도 사실만을 엮어서 우리에게 제시한 다큐멘터리 작가, 르포르타주 기자와 다르지 않다고 말해도 좋은 걸까요?

바꿔 물어봅시다. 그녀의 '소설'을 읽으며 우리가 얻게 되는 감동은 어디서 오는 건가요? 사실 자체인가요, 허구인가요? 작가의 독백적 진술에서 어떤 실마리를 찾아볼 수 있을지 모릅니다. 여기서 작가는 자신이 사실만을 전달하고 있다고 강한 어조로 주장하지만, 증인들이 회상을 통해 불러낸 과거지사가 곧이곧대로 과거의 사실 자체는 아니란 점을 암시하기 때문이죠.

회상이란 지금은 사라져버린 옛 현실에 대한 열정적인,
혹은 심드렁한 서술이 아니다. 그것은 시간을 거슬러올라간,
과거의 새로운 탄생이다. 무엇보다 새로운 창작물이다.
사람들은 살아온 이야기를 하며 자신의 삶을 새로 만들어
내고 또 새로 '써내려간다'. 있는 이야기에 다른 이야기를
'보태고', 있는 이야기를 '뜯어고친다'. 바로 이 순간을
조심해야 한다. 경계해야 한다.

프랑스 철학자 자크 데리다는 모든 글쓰기를 차연différance 의 작용이라 말했답니다. 쉽게 말해 백지가 없다면 우리가 글을 쓸 수 없듯이, 모든 글은 시간적이고 공간적인 공백을 전제해야만 쓰여질 수 있다는 뜻이에요. 무언가가 '있기' 위해서는 먼저 '없다'는 사실이 선행되어야 한다는 뜻이죠. 도가道家에서도 말하지 않나요? 물을 담기 위해서는 먼저 그릇이 비어있어야 한다고. 그와

마찬가지로 우리 눈에 보이고 귀에 들리는 현실의 모든 것은 '없음'의 배경 위에서 성립하는 것이라 말할 수도 있겠습니다. 문학 작품을 읽을 때, 이 원리를 적용해 보는 것이 바로 '행간을 읽는' 방식입니다. 실제로 작품에서는 '서쪽으로 간다'고 쓰여 있어도, 그 행간을 들여다보면 '가고 싶지 않다'가 읽힐 때가 있잖아요? 작가가 진짜 말하고 싶은 것은, 작품에 명시적으로 쓰여진 어떤 사실이 아니라 그 사실을 들여놓기 위해 먼저 비워져야 했던 부분, 허구의 시공간이란 말입니다.

앞서 말씀드린 것처럼 알렉시예비치는 남성의 전쟁 속에 봉인된 타자들, 여성들의 목소리를 찾아다니는 작가입니다. 그들의 기억 속에 담긴 시간의 흔적을 찾아내 종이 위에 재현하는 게 작가의 일입니다. 그러나 작가가 생존자들을 찾아다니면서 인터뷰한 회상의 기록이 과거의 사실 자체와 정확히 겹쳐질 수는 없습니다. 누구든 시간이 흐르면서 자신이 겪었던 체험을 특정한 방식으로 왜곡하고 편집하여 한 편의 이야기를 만들기 때문이죠. 정신분석학자 지그문트 프로이트는 그 과정을 억압과 2차가공이라 불렀습니다. 특히나 전쟁이나 폭력과 같은 격렬한 충격을 기억하는 것은 우리에게 너무 큰 고통을 주기 때문에 우리는 어떻게든 그것을 이해할 만한 방식으로, 받아들일 만한 것으로 변형시켜 회고한다고 말입니다. 우리의 기억은 있는 그대로의 사실이 아닙니다. 오히려 기억은 언제나 '이야기'라 할 수 있죠. 내가 나에게 들려주는 이야기. 그렇게 보면 우리는 모두 이미 소설가라고 할 수도 있겠군요. 이렇게 기억을 이야기로 전환시키는 과정을 서사화라고 부릅니다. 이 서사화는 실제 겪었던 사실의 경험 플러스 그것을 가공한 것, 즉 허구의 결과물이라 할 수 있지요. 따라서 회상은 잉여의 진실을 포함하는 법입니다. 사실을 있는 그대로 떠올린다고 말해도, 실제로는 사실과 변형된 사실인 허구를 적절히 조합하여 우리의 기억으로 만드는 것입니다.

그러므로 알렉시예비치의 소설은 날것의 사실 자체로 만들어진 다큐멘터리가 아닙니다. 오히려 그녀의 작품은 편집(억압과 2차 가공)의 효과로 만들어진 허구라 할 수 있는 것이죠. 알렉시예비치가 증인들의 목소리를 엄격히 복원하고자 노력함에도 불구하고, 그녀가 발견하는 것은 사실의 집적으로서 사건 자체가 아니라 그 사건에 담긴 감정이란 고백을 기억해야 합니다.

나는 우리를 둘러싼 외부의 현실만이 아니라 우리 내면의 현실에도 관심이 있다. 사건 그 자체보다 사건 속 감정이 더 흥미롭다. 이렇게 말해두자. 사건의 영혼이라고. 감정이야말로 나에겐 현실이다.

감정의 어원은 정념 즉 파토스pathos이고, 이는 병리적인 것 pathological이란 뜻과 연결됩니다. 우리가 합리적인 사람이 되어야 한다고 주장할 때, 합리성이란 바로 이 파토스를 제거하는 것을 말하거든요. 아이러니컬하게도 합리성은 윤리가 아니라 도덕을 만들어 냅니다. 공중도덕, 사회와 국가의 법은 그것을 명확히 인지하고 따를 때 의미가 있잖아요? 그런 점에서 합리성은 그런 명확성을 따지는 능력을 가리키지요. 반면 윤리는 파토스에서 나타납니다. 도둑질이 나쁜 짓인 줄 알면서도, 오직 그 방법으로만 가난하고 억압받은 사람들을 구할 수 있을 때 합리적 지성을 벗어나 도둑질을 감행하는 홍길동의 이야기를 떠올려 보세요. 그것은 곤경에 처한 사람들을 향해 깊은 동정과 의분이 솟구쳐야 할 수 있는 일이지요. 그래요, 감정의 폭발이 그것입니다. 윤리가 정서적 파토스로부터 생겨날 수 있다는 말은 그런 의미입니다.

스베틀라나 알렉시예비치의 문학이 '목소리 소설'이라는 평가를 주의 깊게 곱씹어 보죠. 작가는 수많은 증언들을 사실적 발언으로서가 아니라 어떤 진실의 목소리로서 듣고 있어요. 일견 그녀는 "삶의 혼돈과 욕망이. 삶의 유일함과 불가해함이. 목소리 속에 이 모든 것들이 다듬어지지 않은 날것 그대로의 모습으로 남아있다"고 믿는 듯 보입니다. 그러나 곧 이 목소리들이 증언하는 진실은 현실의 사실성 자체와 등치될 수 없음을 무의식적으로

토로하고 있어요. 왜냐면 목소리에 실린 것은 사실의 도덕이 아니라 그와는 다른 것, 비사실이자 비도덕적인 무엇이기 때문입니다.

목소리… 수십 개의 목소리들… 목소리들이 낯선
진실을 외치며 나에게 쏟아져 들어왔다. 그리고 진실,
그 목소리들이 전하는 진실은 어릴 때부터 익히 들어온,
'우리는 승리했다'는 간단명료한 정의와는 딴판이었다.
순식간에 화학반응이 일어났다. 파토스는 인간의
운명이라는 살아 있는 조직 안에서 깨끗이 녹아버렸다.
파토스는 그 생이 아주 짧은 물질임이 밝혀졌다. 우리 삶
속에 말로는 다 설명할 수 없는 뭔가가 더 존재할 때,
그게 바로 운명이 되는 것이 아닐까.

사실 그 자체로 가장 확실한 것은 남성들의 전쟁이고, 승리의 역사이며, '우리는 승리했다'라는 '간단명료한 정의' 이외에 다른 것일 수 없지요. 역사는 그렇게 기록되어 왔고, 알려져 왔으며, 믿어져 왔으니까요. 따라서 공식적인 기록이자 역사는 언제나 증명 가능하며, 실증될 수조차 있습니다. 여기서 사실은 진실을 사칭하고 있어요. 반면, 수많은 여성 참전자들로부터 청취한 증언

은 기록도 역사도 아닐 겁니다. 그래서 또한 사실도 아니지요. 공식적 문서 속에, 역사의 문서고에 기입되어 있지 않은 유령적 목소리, 곧 허구라 부르면 지나친 것일까요?

역사 속에 분명히 존재하고 있었지만, 목소리는 들리지 않는 사람들이 있습니다. 그런 사람들을 흔히 무엇이라 부릅니까? 유령이라고 하잖아요? 가령 외국인 노동자의 인권이 무시되어도, 대다수는 별다른 관심을 보이지 않습니다. 왜냐면 그들은 유령 같은 존재라 많은 한국인들에게는 '안 보이는 것처럼' 여겨지기 때문이죠. 그렇게 보이지 않는 사람들을 볼 수 있게 해주는 것은 차가운 논리나 이성, 합리성이 아닙니다. 감정적인 것, 우리 실존의 감각이 그들을 보고 듣고 반응하게 만들어주죠. 아까 말씀드린 파토스가 그런 겁니다. 타인이 억울하게 학대당하고 부당하게 억압당하는 것을 보았을 때 치밀어 오르는 분노, 그 감각의 흐름이야말로 중요합니다. 유령적인 존재를 비로소 볼 수 있고 들을 수 있게 만드는 계기니까요.

요 몇 년 사이, 한국 사회에서는 페미니즘이 한창 중심적인 화제가 되고 있지요. 아무래도 낯설게 들리는 분도 있을 겁니다. 남성 중심적인 사회에서 여성은 남성의 질서에 순응할 때 가장 안전하고 편안하다고 간주되어 왔거든요. 하지만 그렇게 '안전'과 '편안'이 보장되려면 여성은 유령이 되어야 합니다. 엄마로서, 아내로서, 딸로서 여성들은 남성주의 사회가 강요하는 도덕률을 따라야 하고, 그것에 순종할 때 안전과 편안은 보장받으나 역설적이게도 보이지 않게 되지요. '유리천장'이라는 말 아시죠? 여성이 자신의 커리어를 세워나갈 때 어느 한도 이상으로는 나아갈 수 없는 것, 가령 직장에서 승진의 기회를 더 이상 남성과 공평하게 얻을 수 없는 상황을 '유리천장에 부딪혔다'고 하잖아요? 보이지 않지만 분명히 존재하는 장벽 말입니다. 문제는 그걸 오직 여성만이 체감할 수 있다는 거예요. 남성들은 장본인이 아니니까요. 오직 여성일 때, 그래서 유령과도 같은 존재가 될 때만 유리천장은 '넘사벽'이 되어 엄중한 존재감을 자랑합니다. 동일한 능력을 지녔어도 여성이면 없는 사람으로 치고 승진에서 누락시키는 상황에서 여성은 유령이나 마찬가지니까요.

스베틀라나 알렉시예비치가 자신의 소설에서 고집스레 채록했던 것은 바로 그 유령의 목소리였습니다. 비록 남성사회의 도덕에 사로잡히고, 그것을 당연하게 여기는 등장인물이라 해도, 그 사람이 여성이라면 필연적으로 체감하는 그 유령적 존재성 말입니다. 유령은 보이지 않는 것으로 치부당하니 오직 목소리로 들릴 수밖에 없고, 그것이 알렉시예비치의 소설을 '목소리 소설'이라 부르게 만든 이유인 것이죠.

알렉시예비치의 소설에서 여성적인 것을 찾아낸다면, 그것은 이런 유령적인 것과 다르지 않을 겁니다. 도덕을 말하지만 도덕을 빠져나가고, 사실을 추종하지만 늘 사실과 배치되거나 반하는 비남성적인 흐름이랄까요. 여성은 남성도 여성도 아닌 유령이다, 라고 말하면 과하다 여겨지시나요? 어떻습니까? 물론, 우리는 유령에 관해 말할 수 없습니다. 단지 들을 수 있을 뿐이죠. 작가가 여성의 말을 온전히 받아 적기만 한 것처럼요. 우리가 사실과 동치시키고 싶어하는 실재the Real는 손에 잡을 수 있는 현실을 빠져나가 단지 흩뿌려지기만 하는 목소리로 실존하고, 그 목소리는 발성할 수 있는 게 아니라 오직 듣기만 가능한 것입니다. 그래서 목소리 소설은 본래 허구적일 수밖에 없고, 그것의 윤리는 병리적일 수밖에 없는 게죠. 남성적 억압에 항거하는 여성의 목소리가 불쾌하고 비논리적이며 불합리하게 여겨지는 것은, 남성적 억압이 유쾌함을 전제하고 논리적이라 자청하며 합리적이라고 자신하기 때문입니다. 그러니 잘 들리지 않고, 들어도 없는 셈하기 쉬운 것이죠. 그러나 햄릿의 유령처럼, 오직 그렇게 유령처럼 들리는 목소리만이 때로 우리의 진실을 알려줄 수 있는 법입니다.

당연하게도, 그 목소리를 적어내리는 글쓰기는 명백히 한정할 수 있는 내용을 담을 수는 없어요. 글쓰기는 오직 흩뿌려지고 파편적으로 산재하는 유령적인 형태로 계속 이어질 따름입니다.

접신, 혹은 유령적 글쓰기. 그것은 사실만을 취재하여 종이 위에 베껴 쓰는 작업을 가장하지만, 동시에 사실 이면의 목소리를 듣고 그것을 은밀하게 옮겨놓는 유령의 일이 아닐 수 없습니다. 어떤 대안에 대한 기대나 구원에의 희망 같은 것 없이, 실체 없는 목소리로서만 유령적인 것은 작동하여, 필연코 도덕 바깥에 있는 윤리의 지점에 스며들 테니까요.

허구의 글쓰기, 또는 유령의 목소리를 들어라!

이야기가 좀 어려워졌지요? 다시 정리해 가면서 오늘 강의를 마쳐야 할 듯한데요. 알렉시예비치의 소설은 전통적인 글쓰기가 아니라 다큐멘터리라거나, 팩트만이 진실하다는 세간의 평가는 더 이상 유효하지 않은 듯합니다. 그런 것들은 도덕의 차원에 걸쳐 있고, 규범적·제도적이며, 증인들이 도망치고자 안간힘을 쓰는 남성적 질서에서 연원한 탓입니다. 그 이면에는 무엇이 있을까요? 작가는 진정 무엇을 듣고 어떻게 옮겨 적고 있나요?

역사에 기입되지 않은 비가시적 실존으로서의 증인들, 그들의 목소리들이 있습니다. 그것은 들리지만 입증할 수 없고, 기록되지 않은 것이기에 허구적이지요. 건전하고 승리에 찬 도덕이 아니라 우울증적 충동으로만 표현되기에 병리적이라고 할 만해요. 우리가 증인들의 이야기에서 남성의 도덕과 권위, 질서의 각인을 필연적으로 찾아낼 수밖에 없는 것은 그와 같은 병리성의 일면일 겁니다. 요점은 여성 증언자들의 목소리에 포함된 남성 도덕을 발견해 그들을 힐난하거나 절하시키는 게 아니에요. 차라리 여성의 목소리에 실린 남성과 도덕의 파열점, 그 좁은 틈새로부터 흘러나와 이리저리 유동하는 비일관적이고 망가진 목소리를 포착하여 끝까지 듣는 일이 중요합니다. 이러한 유령적 대상을 포착하기 위한 방법 역시 유령적이라는 것은 불가피하지 않겠어요? '사실의 문학'이 아니라 '유령적 글쓰기'로 알렉시예비치의 소설을 읽을 때 우리는 진실에 보다 가까이 다가갈 수 있을 듯합니다.

이건 비유가 아닙니다. 증언록을 작성하는 현장에는 증인이 있고 그의 증언을 듣는 작가가 있지요. 사실의 차원에서 보면 거기에는 두 명의 사람이 있지만, 증언을 적어내리기 위해서는 최소한 한 사람이 더 추가되어야 합니다. 그것은 바로 목소리의 주인인 유령이라 할 수 있죠.

대화에 참여하는 사람은 적어도 세 사람이다. 지금 내 앞에서 이야기하는 사람, 지금 내 앞에서 이야기하고 있지만 사실은 그때 그 시절로 돌아가 있는 사람, 그리고 나.

사실의 도덕, 비윤리를 넘어서는 작업은 쉽지 않습니다. 유령의 목소리에 귀기울이고 받아적는 방법을 익혀야 하기 때문이죠. 허구의 글쓰기, 그 윤리는 아마도 이런 과정을 통해서만 미약하게나마 시작될 듯합니다. '목소리 소설'이 갖는 유일한 진실이란 그런 게 아닐까요?

이야기가 많이 길어졌습니다. 한두 마디를 덧붙이고, 이제 마쳐야 할 시간입니다. 방송이나 신문에서 익히 보셨을 사진들, 즉 제2차 세계대전이 끝나고 찍은 사진 속에는 대개 남성들만 있습니다. 여성은 남성 특히 군인들을 화려하게 보이기 위해 같이 찍힌 경우가 많아요. 미국에서 2차 세계대전이 끝나고 찍은 사진 중에 미국 병사가 간호사에게 입을 맞추는 유명한 사진이 있습니다. 2차 세계대전이 끝났다는 소식을 듣고 사람들이 거리에서 얼싸안고 입맞춤을 했는데, 그 시간 속 한 장면이었지요. 나중에 밝혀진 사실인데, 그 병사가 입을 맞춘 여성 간호사는 연인도 친구도 아니었답니다. 아무 상관도 없는 사람인데 지나가다가 '붙잡혀서' 입을 맞추는 장면이 우연히 찍혔던 것이죠. 요즘 기준으로는 있을 수 없는 얘기인데, 그때야 전쟁이 끝났으니 그 기쁨으로 이해해 주자고 할 수도 있겠죠. 그럼에도 엄밀히 말하자면, 그 사진 속에서 부각되는 것은 병사의 기쁨이지 간호사 여성의 기쁨이 아닙니다. 전쟁은 남자의 것이었고, 그 승리도 남자의 것으로 포장된 겁니다. 당연히 여성들도 참전해서 피를 흘리고 희생을 했음에도, 전쟁은 '남자의 일'로 규정되고, 그 승리도 남성적인 것으로 갈무리됐다는 뜻입니다. 소련도 마찬가지였어요. 전쟁 이후에 모스크바 등에서 열린 화려한 승리의 퍼레이드에서도 주인공은 다 남성뿐이에요. 여성은 남성들의 승리에 대해서 박수쳐주는 역할밖에 맡지 못했지요.

바로 그런 것들 때문에 목소리 소설 속에서 여성의 시선이 왜 문제였던가를 다시 보는 게 큰 의미가 있다고 말할 수 있습니다. 세상의 절반은 남자와 여자라고 하며 평등을 이야기하지만 우리가 의식하지 못하는 것은 그 평등의 구조조차 실상 남성적이라는 사실입니다. 그렇게 교육받아 왔기 때문에 남성은 당연하게 누리고 있어요. 여성조차도 부지불식간에 남성의 시선으로 교육받아온 탓에 사고와 언어습관 속에 남성의 기준이 뿌리박혀 있을 가능성이 큽니다. 여성 자신에게도 여성은 보이지 않는다고 말하면 놀라운 일일까요? 이 얘기를 듣고 계신 여성분들에게도 '여자의 일'이 아니라 여성적인 것 자체란 무엇인지 알기란 굉장히 어려운 노릇일 겁니다. 왜냐면 여러분들 모두 남성중심 사회에서 남성적인 시선으로 세계를 바라보도록 교육받아왔기 때문이죠. 그게 우리가 받은 교육의 큰 테두리입니다. 그런 것들을 조금씩 바꾸어 가기 위해서는 사실 깜짝 놀랄만한 경험이 필요하죠.

"이게 뭐지? 내가 생각한 것과는 완전히 다른데? 불쾌해, 하지만 한 번 고민해 봐야겠는걸." 이러한 경험을 줄 수 있는 것이 바로 예술이고, 그 예술 중에서도 소설이라는 것이 갖는 각별한 힘이 있다는 것을 여러분들은 이제 잘 아시게 되었을 겁니다.

스베틀라나 알렉시예비치의 『전쟁은 여자의 얼굴을 하지 않았다』를 소설로 보든 다큐멘터리로 보든, 남자든 여자든 모두 읽어보고 여기서 들려오는 목소리에 관해 한 번쯤 생각해 보시면 좋겠습니다. 감사합니다. ¶

스베틀라나 알렉시예비치

Святлана Аляксандраўна Алексіевіч

1948 ~

1948년 우크라이나 스타니슬라프에서 태어났고, 오랜 외국 생활을 거쳐 현재 벨로루시에서 언론인 겸 작가로 활동 중이다. 소련 시절에는 정부의 공식 노선에 반하는 경향을 보여 오랫동안 무시받았으나, 점차 작품의 가치를 인정받고 유럽과 러시아 문화권 모두에서 현대의 중요 작가로 간주되고 있다. 1998년 독일에서 '최고의 정치서적'상을 수상했고, 1999년에는 프랑스에서 '세계의 목격자'상을 탔으며, 이후 미국과 유럽, 러시아에서 다양한 문학상을 받은 바 있다. 2015년 노벨문학상을 수상했다.

전쟁은 여자의 얼굴을 하지 않았다

Увойны не женское лицо

1985/2002

작가 스스로 '유토피아의 목소리', '거대한 유토피아의 연대기', '붉은 유토피아의 백과사전'이라 명명한 5부작의 첫 번째 작품이자, 스베틀라나 알렉시예비치의 대표작이라 부를 수 있는 작품이다. 제2차 세계대전 당시, 여성들도 전쟁에 소집되어 전선에서 싸워야 했던 경험을 실존 인물들로부터 취재해 그 인터뷰를 수록한 책이기에 일반적인 소설의 형식과는 많이 다르다. 즉 주인공이 있고, 사건이 벌어지며 그것이 해결되는 양상으로 작품이 전개되지 않는 반면, 전쟁을 직접 체험한 여성들의 일대기를 기록하고, 그들의 감정의 흐름을 충실히 적어내고 있다. 그들은 전쟁이 무엇인지 명확히 인식하지 못한 상태에서 오직 국가를 위해 복무한다는 사명감으로 전투에 뛰어들었고, 이로 인해 삶이 파괴되는 비애를 겪었다. 개인으로서 또 여자로서 누리고 싶던 삶의 꿈이 전쟁으로 인해 훼손되며 상처받았으나, 보상받을 길 없는 아픔에 넋두리를 늘어놓는다. 그러나 바로 이것이야말로 남성 중심적 사회에서 소외되고 억압당한 여성들의 목소리를 대변하는데, 소련 시대에 2차 세계대전은 국가와 세계의 평화를 지킨 '위대한 업적'이며 '남성 지배자'들의 공훈으로 취급받았기에 어떠한 불평이나 불만도 제기될 수 없었던 탓이다. 역사와 삶에서 밀려난 여성들의 한탄과 눈물, 호소야말로 대립과 적대의 이데올로기로 가득 찼던 20세기를 다른 관점에서 바라보고 성찰하는 가장 강렬한 항거의 증거로 기억되어야 한다.

최진석

문학평론가, 수유너머104 연구원, 러시아인문학대학교 문화학 박사.『민중과 그로테스크의 문화정치학』,『다시 돌아보는 러시아 혁명 1, 2』(편저),『국가를 생각하다』(공저),『문화정치학의 영토들』(공저) 등을 썼고,『누가 들뢰즈와 가타리를 두려워하는가?』,『해체와 파괴』,『러시아문화사 강의』(공역) 등을 옮겼다.

문명이 충돌하는 곳에서
쓰다

이스탄불을 세계적인 도시로
만든 작가 오르한 파묵

이난아

저는 1998년에 처음으로 오르한 파묵의 작품을 번역했습니다. 당시에는 일본이나 중국에서도 전혀 소개가 되지 않았던 시기였는데, 파묵이 최초로 아시아에 알려지는 계기가 되었지요. 제가 번역한 작품은 소설 『새로운 인생』이었는데, 반응이 거의 없었다고 할 수 있습니다. 우리에게는 너무 생소한 작가였으니까요. 그러다가 2002년에 『내 이름은 빨강』이라는 작품을 번역했습니다. 한국에서 상상 이상으로 반응이 좋았고, 터키 현지에서보다 더 많이 팔리는 성공을 거두었지요.

이러한 성과를 보고 오르한 파묵 씨가 굉장히 놀랐습니다. 저는 박사 학위 논문도 오르한 파묵의 작품 소재들과 깊이 관계가 있는 동서양 문제이며, 앞으로 그의 작품을 전담해서 번역하고 싶은 바람이 있다고 말씀드렸죠. 그 자리에서 에이전시에 전화를 걸어 앞으로 모든 작품의 한국어 번역은 저에게 맡기고 싶다고 말씀해 주셔서, 그때부터 지금까지 파묵의 작품은 제가 번역하고 있습니다.

저는 방학 때마다 오르한 파묵의 여름 집필실이 있는 이스탄불 근교 섬에 가서 당시 작업 중이었던 작품의 번역에 대해 토론을 하면서 해결하곤 했습니다. 원작을 훼손하는 지나친 의역은 작가에 대한 모욕이니까요. 부득이하게 한국독자들을 고려해 의역을 하는 경우도 있었습니다. 그럴 때는 우선 작가에게 밝히고, 허락을 하면 그대로 진행하고 다르게 고려해 보라고 하면 다시 고심을 했습니다. 그렇게 최대한 원문에 가까운 번역을 하려고 최선을 다했습니다. 살아있는 작가의 작품, 그것도 노벨문학상 수상작가의 작품을 번역하는 것은 번역자로서 커다란 영광이지요.

이스탄불 작가 오르한 파묵

그는 기회가 있을 때마다 자신을 '터키 작가'라고 하는 대신 '이스탄불 작가'라고 말합니다. 그 이유는 현재까지 발표한 열네 편의 작품 중에서 『눈』이라는 소설만 터키 동부 지역 카르스를 배경으로 하고 있고, 그 외의 모든 작품은 이스탄불 혹은 이스탄불 근교를 배경으로 하고 있기 때문이지요. 물론 이스탄불은 그가 나고 자란 도시이기도 하고요. 이스탄불에 대해 느끼는 애착을 자신의 작품에 반영하고 있다고 할 수 있습니다.

키가 크고 미남인 그는 이스탄불의 부유한 집안에서 태어났답니다. 어렸을 때부터 영어로 수업을 하는 로버트 칼리지 중고등학교를 다녔고, 이후 이스탄불 공대 건축학과에 입학을 했습니다. 할아버지와 아버지가 공대를 다녔으니 자신도 당연히 그래야 한다고 생각한 거지요.

오르한 파묵은 2006년에 노벨문학상을 수상했습니다. 작가가 받을 수 있는 최고이자 최후의 상이라고 할 수 있지요. 작가에게 이보다 더 영예로운 상이 있을까요? 우리가 직장에 들어가 사원, 대리, 과장, 부장으로 승진하듯이 노벨문학상을 받으려면 그 이전에 거쳐야 할 관문이 있지 않나 합니다. 바로 서양 문단에서 인정하는 권위 있는 문학상을 수상하는 것이죠. 일례로 가장 중요한 문학상 중의 하나는 얼마 전 한강 작가가 받은 맨부커상입니다. 그렇다면 일단 한국작가들 중 노벨문학상에 제일 가까이 다가갔다고 할 수 있지요.

그런데 노벨문학상이라는 게 작품 자체에 주는 것이 아닙니다. 인류에 공헌한 작가에게 수상하라고 노벨이 유언장에 썼다고 해요. 여러분도 아시겠지만, 나치의 만행을 고발한 르포 형식의 작품들로 노벨문학상을 받은 작가도 있습니다. 소설과 같은 전통적인 문학 장르가 아닌데 노벨문학상을 수여하는 건 바로 인류에 공헌한 공을 기리는 것이랍니다.

오르한 파묵은 현재 미국의 컬럼비아 대학교 인문학 교수로 재직 중입니다. 가을 한 학기만 강의하는 정년 트랙 교수입니다. 파묵은 미국 재단 학교를 다녔기 때문에 영어를 거의 모국어 수준으로 할 수 있지요. 그래서 미국에서 강의하는 데 별 어려움이 없습니다. 하지만 자신의 작품은 모두 다 모국어인 터키어로 쓴답니다.

파묵은 1952년에 터키 이스탄불에서 출생했고 2006년에 노벨문학상을 수상했는데, 소설가로서 두 번째로 최연소 노벨문학상을 받았다고 합니다. 저 역시 파묵이 노벨문학상을 받을 만한 작가라고 생각했지만, 예상했던 것보다 더 빨리 받아서 놀랐답니다.

파묵은 1976년에 이스탄불 대학을 졸업했는데 처음에는 이 대학의 건축공학과에 입학했다가 중퇴하고 저널리즘 학과를 졸업했습니다. 이것도 굉장히 중요한 사실인데요. 대부분의 작가들이, 우리나라 유명한 작가들도 그러하지만, 거의 모두 인문학도입니다. 그런데 파묵은 애초에 이공계 학생이었답니다. 이 사실은 그의 소설에도 중요한 영향을 미쳤습니다. 예를 들면 건축가는 집을 설계할 때 부엌이 어디에 있고, 안방이 어디에 있어야 하는지 등을 미리 머릿속으로 다 계산한 뒤 실제 배치를 하지요. 오르한 파묵은 소설을 쓸 때 그냥 앉아서 머리에 떠오르는 대로 쓰지 않아요. 미리 다 계획을 세웁니다. 저는 파묵이 이공계적인 마인드를 가지고 있으면서도 감성이 무척 풍부해서 훌륭한 소설가로 성공할 수 있었다고 생각합니다.

파묵은 1979년 즉, 27살 때 『제브데트 씨와 아들들』로 등단했습니다. 한국어로 출간되어 있는 작품입니다. 우리나라에서도 조선일보나 동아일보 같은 신문사들이 신춘문예 공모를 하잖아요? 터키에 밀리예트라는 신문이 있는데 그는 이 밀리예트 신문의 공모에 작품을 출품하여 장편소설 대상을 받습니다. 젊은 나이에 화려하게 등단을 하게 되지요. 사실 그는 작가가 되겠다는 결심을 하고 대학교 2학년 때 자퇴를 한 후 7년 동안 독서와 창작에 몰두했답니다. 그는 자신이 소설가로 성공할 수 있었던 이유 중 하나로 아버지의 거대한 서재를 들었습니다. 아버지의 서재 때문에 독서를 많이 하게 되었고, 오랜 기간 습작활동을 거치면서 젊은 나이에 이렇게 빛을 발하게 되었다고 말이죠.

1983년에는 『고요한 집』이라는 작품으로 마다랄르 소설상을 수상했습니다. 그 뒤 30대 초반이었던 1985년에 소설 『하얀 성』으로 국제적인 명성을 얻었습니다. 작가로서 그런 명성을 얻으려면 어떻게 해야 될까요? 일단 서구권의 유명한 신문에 리뷰가 나와야 하지요. 대표적인 매체가 바로 뉴욕 타임스 북 리뷰입니다. 뉴욕 타임스 북 리뷰에 작품이 소개된 우리나라 작가는 두명 있다고 알고 있습니다. 신경숙 작가와 한강 작가입니다. 이문열 작가는 〈에스콰이어〉라는 잡지에 단편소설『익명의 섬』이 소개된 것으로 알고 있습니다. 파묵은 이 소설로 뉴욕 타임스에서 '동양에 새 별이 떠올랐다. 터키 작가 오르한 파묵'이라는 극찬을 받으며 화려하게 세계 문단에 진입하게 됩니다. 이후 1985년에서 1988년 사이에 미국 컬럼비아 대학교에 방문교수로 간 적이 있고, 현재는 이 대학의 인문학 교수로 재직하고 있습니다. 그리고 1990년에『검은 책』, 1994년에『새로운 인생』, 1998년에 드디어『내 이름은 빨강』을 발표하게 됩니다.

그런데 이 발표 연도를 한 번 보시면요, 그가 3년이나 4년 간격으로 장편소설을 발표한 것을 볼 수 있습니다. 이것은 파묵이 계획을 세워 작품을 발표한다는 의미입니다. 그리고 언젠가 제게 향후 자신이 죽을 때까지 쓸 소설이 일곱 편 정도 남아 있다고 말한 바 있습니다.

오르한 파묵은『내 이름은 빨강』을 발표하면서 일약 세계적인 스타 작가로 거듭나게 됩니다. 이 작품으로 그는 프랑스 최우수 외국문학상, 임팩 더블린 문학상, 그란차네 카보우르 문학상

등 유럽의 권위 있는 문학상을 다 휩씁니다. 그러면서 이때부터 노벨문학상을 받을만한 작가로 언급되기 시작하지요.

이후 1999년에 에세이 『다른 색들』, 2002년에는 『눈』이라는 소설을 발표합니다. 이 『눈』에 얽힌 이야기가 떠오릅니다. 얼마 전에 이성복 시인과 만난 적이 있습니다. 2017년 12월에 이스탄불 국제도서전이 있었는데 주빈국이 한국이었어요. 그 도서전에 참가한 우리나라 작가들과 인터뷰를 하기 위해 터키 기자가 한국에 왔는데 저는 통역자로 합류하였지요. 이성복 시인도 도서전 참가 작가들 중 한 분이었습니다. 그때 시인은 저보고 오르한 파묵의 최고 작품은 『눈』이라고 말씀하셨습니다. 이문열 작가도, 황석영 작가도 제게 그런 말씀을 하신 적이 있답니다.

저는 터키 문학 작품을 40여 편 번역했는데, 번역할 때 이 책에 대한 반응이 좋을지, 안 좋을지 어느 정도 감이 온답니다. 『눈』을 번역하면서는 반응이 좋을 거라는 예감이 들었답니다. 왜냐하면 소재가 광주 민주화 운동과 비슷했거든요. 이 소설은 고립된 지역에서 사흘 간 벌어진 유혈의 쿠데타를 다루고 있어요. 사건의 전개 양상도 비슷합니다. 이슬람주의자들과 세속주의자들의 갈등과 충돌을 다룬 것이긴 하지만 학생들의 죽음이 있었고, 고위 군관계자가 그 지역을 장악하고 언론도 장악했지요.

그런데 제 예상과는 달리 이 소설은 한국에서 오르한 파묵의 작품들 중에 가장 안 팔린 작품이 되고 말았답니다. 우리가 글로 벌화를 표방하고 있지만 세계에서 벌어지고 있는 사건에 대해서는 그다지 관심이 없구나, 하고 생각했답니다. 이슬람 테러집단에 대해 관심 없는 이유는 우리랑 너무 먼 곳에서 벌어지는 일이라고 느끼기 때문인 것 같아요. 서구에서는 오르한 파묵 작품 중 가장 반응이 좋은 것 중 하나가 『눈』이에요. 왜냐하면 이슬람의 테러 이슈는 그들이 직면하고 있는 매우 중요한 문제이기 때문이죠. 게다가 세계적인 이슬람권 작가의 손에서 나온 작품이기 때문에 더욱 궁금했던 거지요. 테러분자들이 어떻게 양성되는가, 어떻게 테러를 일으키는가에 대해서 소설에 자세히 나와 있거든요. 어쨌든 저의 예상은 보기 좋게 빗나가고 말았답니다.

2003년에는 『이스탄불, 도시 그리고 추억』을 발표합니다. 저는 오르한 파묵을 알고 이해하고 싶다는 분들에게 그의 소설보다도 이 책을 권합니다. 자전적 에세이이기 때문이죠. 『이스탄불, 도시 그리고 추억』을 보면 파묵이 왜 작가가 될 수밖에 없었는지에 대한 고백을 자세히 들을 수 있습니다. 그리고 이 작품에는 수백 장의 옛 이스탄불 사진들이 수록되어 있어 지루하지 않게 읽을 수가 있어요. 다섯 살 때부터 스물두 살 때까지, 그러니까 소설가가 되기로 결심한 순간까지의 자신의 삶을 뒤돌아보며 허심탄회하게, 진정성 있게 서술한 작품이지요.

파묵은 2005년에 처음으로 서울국제문학포럼 참석 차 방한을 하게 됩니다. 이때는 이미 『내 이름은 빨강』이 한국어로 번역되어 베스트셀러가 된 이후였기 때문에 국내에서도 유명해진 작가였지요. 다음 해인 2006년에 터키 문학 사상 최초로 노벨문학상을 수상했고, 2008년에 『순수 박물관』이라는 소설을 발간한 후 같은 해 우리나라에서 개최된 세계출판인대회 기조연설 차 다시 한국에 왔습니다.

2010년에는 에세이집 『풍경의 조각들』, 2011년에는 『소설과 소설가』라는 작품을 발표했는데 이 작품은 하버드 대학교 강연록입니다. 움베르트 에코 등 세계적인 대가들이 릴레이식으로 하는 이 강연에 파묵도 참가하게 된 거지요. 혹 여러분 중 창작에 관심이 있는 분들은 이 책을 한 번 읽어보십사 권하고 싶습니다. 소설을 어떻게 쓰는가, 소설가란 누구인가 등에 대한 자신의 경험담을 풀어 놓은 책입니다. 우리나라 몇몇 대학의 문예창작학과에서도 강의 교재로 쓰고 있다고 들었습니다. 단순한 소설 창작법 강의가 아니라 파묵의 소설과 집필 철학, 세계관을 만날 수 있는 작품이니 특히 창작에 관심이 있는 분들이 있다면 권하고 싶습니다.

2012년에는 소설 『순수 박물관』을 발표하며 동명의 공간인 '순수 박물관'을 개관합니다. 오늘 제가 집중적으로 다룰 작품이 바로 이것입니다. 저는 오르한 파묵이 왜 위대한 작가인가에 대해 얘기 나누고자 이 책을 선택했습니다. 『내 이름은 빨강』이 세계적으로 가장 많이 팔린 소설이기 때문에 이 작품에 대해 잠시 얘기한 뒤, 나머지는 이 순수 박물관에 집중하게 될 것입니다.

충돌과 갈등을 이야기하다

스웨덴 한림원은 당해 수상한 작가에 대해서 이야기할 때 어떤 이유로 노벨문학상을 수여하는지에 대해 딱 한 문장으로 요약합니다. 오르한 파묵에 대해서는 "본향인 이스탄불의 음울한 영혼을 탐색해가는 과정에서 문화 간 충돌과 복잡함에 대한 새로운 상징을 발견했다"라고 그 이유를 밝힙니다.

음울하다는 얘기가 나왔습니다. 오르한 파묵의 소설을 읽다 보면 세계적으로 유명한 관광지로서의 이스탄불이 등장하지 않습니다. 왜 그럴까요? 그건 바로 과거 동로마 제국의 수도였던 콘스탄티노플, 오스만 제국의 수도였던 이스탄불의 몰락과 연관이 있습니다. 폐허의 이미지, 몰락의 이미지를 가진 곳이거든요. 혹시 이스탄불 다녀오신 분 계신가요? 어떤 계절에 다녀왔는지에 따라 참 다른 곳입니다. 봄이면 참 좋죠. 겨울에 가보시면 또 다른 느낌일 겁니다. 저는 터키에서 10년 유학을 했는데요. 겨울에 이스탄불의 뒷골목에 가잖아요? 폐허, 몰락, 이런 단어를 연상케 하는 모습들이 이스탄불 뒷골목에 그대로 방치되어 있습니다. 아무리 복구를 해도 너무 방대한 지역이라 완전한 복구가 안 된다고 합니다. 이 정서는 조금 전에 제가 말한 『이스탄불, 도시 그리고 추억』이라는 책에 자세히 묘사되어 있습니다. 이 책에서 파묵은 "나를 키운 건 이스탄불의 멜랑콜리한 정서다."라고 말합니다. 이스탄불을 방문하는 시기로 봄, 가을이 베스트 시즌이라고 생각합니다. 그러나 조금 문학적인 정서가 있는 분이라면 겨울을 선호하실 수도 있겠네요. 음울한 분위기가 색다르게 좋으니까요. 오르한 파묵은 문화 충돌, 문명 충돌을 다룬 작품으로써 세계적인 작가로 자리매김하는데, 이러한 코드에 가장 부합하는 도시가 바로 이스탄불이지요.

　문화 충돌, 문명 충돌. 이스탄불을 방문하신 분들은 아마 한눈에 이 정의에 부합하는 장면을 볼 수 있을 겁니다. 예를 들면 아야소피아 성당과 술탄 아흐멧 사원이 나란히 있는 장면 같은 것이죠. 과거 기독교 문화와 이슬람 문화가 정면으로 충돌한 도시가 바로 이스탄불이거든요. 그래서 오르한 파묵의 모든 소설에는 동서양이 부딪치고 갈등하는 양상들이 등장합니다. 그가 태어난 도시의 숙명인 거죠.

어떻게 하면 노벨문학상을 받을 수 있냐는 질문에 오르한 파묵은 "받으려 노력한다고 되는 것은 아닐 겁니다. 자신이 가장 잘 아는 것을 쓰십시오."라고 답합니다. 오르한 파묵은 역사 이래 동서양 문명의 충돌이 계속되고 있는 도시에서 태어났고, 현재도 그런 문화 충돌 현상을 목격할 수 있는 도시에서 살고 있기 때문에 이 문제를 관찰하고, 집중할 수 있었던 것이지요. 그러면서도 오르한 파묵은 우리가 동양인 혹은 서양인인 것은 중요하지 않다, 라고도 말합니다. 터키인들은 자신들을 동양인 혹인 서양인이라고 이분법적으로 말하지 않아요.

『제브데트 씨와 아들들』은 서구화로 인한 신구세대 갈등, 『하얀 성』은 서양인 노예와 터키인 주인을 통해서 동서양과 정체성 문제를 다루고 있고요. 『검은 책』이라는 소설은 서구 문화의 유입으로 변해가는 터키의 정체성 문제를 다루고 있습니다. 『새로운 인생』은 서구 문화와 토착 문화 사이의 갈등을 다루고 있고요. 『내 이름은 빨강』은 터키 내 서양화의 유입으로 동양화가 소멸해가는 과정을 그리고 있답니다. 『눈』이라는 소설은 서구 문화와 이슬람 문화가 종교 문제를 중심으로 충돌하는 모습을 담고 있고. 『순수 박물관』에는 서구 문화의 유입으로 인한 터키 젊은이들의 성적 자유와 갈등이 집약적으로 다루어져 있어요.

이렇듯 오르한 파묵은 거의 모든 작품에서 동서양 문명이 정면으로 충돌하고 갈등하는 양상을 심도 있게 다루고 있습니다. 즉, 한 우물만 파서 인정을 받고 끝내는 노벨문학상을 받은 거지요. 앙드레 김 하면 뭐가 떠오르시나요? 그분의 스타일로 자리매김했던 흰색 옷이지요. 저한테 작가의 이름이 가려진 터키 소설을 몇 권 주고 오르한 파묵 책을 고르라 하면 금방 고를 수 있습니다. 왜냐고요? 그만의 스타일이 있으니까요. 문체를 포함해서 말이지요.

파묵이 작가가 되기로 결정한 근본적인 원인은 무엇이었을까요? 파묵의 자전적 에세이인 『이스탄불, 도시 그리고 추억』에서 그는 다양한 분노에서 벗어나기 위해서 책을 읽기 시작했고, 자신이 읽은 책들처럼 무엇인가를 창조하고 싶었다고 고백하고 있습니다.

오르한 파묵 작품들을 보면, 기복이 없이 거의 대부분 문학성이 뛰어나다는 평을 듣고 있습니다. 저는 오르한 파묵의 작품에 도전하고자 하는 분들에게 제일 먼저 『하얀 성』을 추천하고 싶습니다. 동서양 문제에 대한 파묵의 관심이 본격화되는 작품이고, 분량도 길지 않아 편한 마음으로 읽을 수 있습니다.

소설 『새로운 인생』은 제가 파묵의 작품 중 처음으로 번역한 작품인데, 박사 과정에 있던 도중에 이 책을 읽게 되었습니다. "어느 날 한 권의 책을 읽었다, 그리고 나의 모든 인생이 송두리째 바뀌었다"라는 첫 문장으로 유명한 작품입니다. 첫 문장으로 유명한 또 다른 소설이 있지요. 『내 이름은 빨강』입니다. "나는 지금 시체로 우물 바닥에 누워 있다." 정말 궁금증을 자극하는 문장이지요. 많은 작가들이 그러하겠지만 오르한 파묵 역시 첫 문장에 혼신의 힘을 기울이는 작가지요. 그리고 『이스탄불, 도시 그리고 추억』이라는 작품은 이스탄불에 대한 작가의 심상이 그대로 드러나 있는 자전적 에세이입니다. 아버지의 외도, 아버지의 부재로 인한 슬픔, 형에게 느끼는 질투심 등 남에게 숨기고 싶은 가족사마저 솔직하게 밝히고 있습니다.

한편 소설 『순수 박물관』은 '문학은 죽었다'고 말해지는 이 시대에 문학의 확장 가능성을 보여주고 있는 작품입니다. 즉, 소설이라는 허구가 어떻게 실재할 수 있는지를 보여주는 좋은 사례라고 할 수 있습니다. 파묵은 소설에 등장하는 것과 동명의 박물관을 설립했습니다. 소설을 모티브로 삼은 최초의 문학 박물관이자 현존하는 작가가 직접 건립했다는 점에서 중요합니다. 대부분의 문학 박물관들은 작가가 사망한 후 그의 문학적 업적을 기리기 위해 후대에 건립하는 것이 보통입니다. 이효석 박물관, 토지 박물관 등이 그렇죠. 순수 박물관에 가보시면 동명 소설이 실제 존재했던 인물들에 대한 이야기가 아닌가 하는 착각이 듭니다. 박물관의 주소가 소설에 나오는 주소와 같습니다. 즉 여주인공 퓌순이 살았던 집 주소이지요. 퓌순이 죽은 후 그녀를 사랑했던 남자 케말이 그 집을 사서 그녀를 기리기 위해 박물관을 세운 소설의 내용이 실제처럼 느껴진답니다. 이 이야기는 뒤에서 이어가겠습니다.

파묵이 2005년에 처음으로 방한을 했다고 말씀드렸지요. 이미 『내 이름은 빨강』으로 국내에서도 유명했기 때문에 기자회견장에는 많은 문학 기자들이 모였습니다. 그때 제가 인터뷰 통역을 하게 되었습니다. 한 기자가 파묵의 집필 철학에 대해 질문을 했을 때 그는 "나는 바늘로 우물을 파듯 소설을 씁니다."라고 답변을 합니다. 이전까지 우리나라에 이런 표현은 없었어요. 이 부분에서 번역의 중요성을 한번 말씀드리고 싶어요. 번역의 미덕 중 하나는 목표어번역의 결과물로 나오는 언어를 풍부하게 만든다는 것입니다. 2005년 이후 많은 한국 작가들이나 평론가들이 이 표현을 쓰고 있는 것을 확인할 수 있을 겁니다.

바늘로 어느 세월에 우물을 파나요? 파묵은 인내에 대해 말하고 있습니다. 그는 매일 아침 9시에 집필실로 출근해서 저녁 7시까지 집필을 합니다. 글쓰기 말고는 인생에 경이로운 것이 없다, 글쓰기는 나의 유일한 위안거리다, 무슨 일이 있더라도 매일 아침 일찍 일어나 글을 쓴다, 남은 생애를 수도승처럼 방 한구석에서 글을 쓰며 보낼 수 있다, 라는 말을 하는데 바로 그 말을 증명하는 생활이라고 할 수 있습니다.

노벨문학상 수상 작가들은 많지만 오르한 파묵만이 거의 유일하게 3~4년마다 한 권씩 책을 내고 있습니다. 그 상을 받든 받지 않았든 계속해서 소설을 쓸 사람이었다는 거지요. 파묵은 노벨문학상 수상 연설에서 "이 상은 내 개인에게 수여된 게 아니라 터키문학, 터키문화, 터키어에 수여된 상이다. 나는 32년간 하루 평균 10시간을 글쓰기에 할애했다. 노벨문학상은 내 문학에 대한 사랑과 열정에 대한 열매다"라는 말을 했습니다. 자신의 말을 여전히 지키고 있는, 작가 말고는 다른 어떤 것도 될 수 없는 사람이지요.

몰락한 곳에서 쓰다

오르한 파묵이 작가로서 성공한 요인을 몇 가지로 분석해보도록 합시다. 앞에서 말씀드렸듯 초기작부터 최신작까지 모든 작품이 일관되게 동서양 문명 간의 갈등과 충돌을 다루고 있습니다. 그러나 같은 소재를 가지고 소설을 쓴다고 해서 지루하다고 생각하시면 안 되겠지요.

또 하나는 그가 작품에서 전하는 메시지입니다. 우리 모두가

가지고 있는 가장 근원적인 문제는 '나는 왜 나인가'라는 정체성 문제가 아니겠습니까? 나는 왜 다른 사람이 되지 못하고 나밖에 될 수 없는가. 그의 모든 작품은 이 정체성 혼란, 자아 찾기를 끊임없이 다루고 있어요. 또한 다른 작가들이 시도하지 않은 다양한 기법을 구사하며 동시에 완성도가 높다는 점을 들 수 있겠습니다. 기법이란 장르 간의 크로스오버, 상호텍스트성, 메타픽션, 다성악 소설 등인데요. 다성악 소설의 예를 들면 『내 이름은 빨강』이 있습니다. "나는 시체다, 나는 금화올시다, 나는 한 그루의 나무입니다" 등 다양한 무생물의 목소리가 등장해 자기 이야기를 합니다. 이것을 다성악 소설이라고 하는데, 독자들뿐만 아니라 우리 문학 연구자들도 아주 흥미롭게 연구할 수 있는 주제입니다. 이런 요소들이 다양한 소설에서 시도되고 있다는 거지요.

『이스탄불, 도시 그리고 추억』이라는 책을 보면 파묵은 자신이 살고 있는 도시가 세계의 변방에 있는 시골이라는 느낌을 받았다고 말합니다. 이스탄불은 굉장히 큰 대도시인데도 변방의 시골 마을이라고 표현하고 있습니다. 어렸을 때부터 유럽 국가들을 여행해온 그는 상대적으로 이스탄불이 몰락한 도시라고 느낀 거지요. 세계의 변방에 살고 있다는 슬픔, 이것이 파묵으로 하여금 독서에 몰입하게 만들고, 무언가를 쓰는 습관을 갖게 했어요. 주변부에 있다는 소외감에서 비롯된 상처와 고뇌가 뒤섞인, 그러나 어느 날엔가는 우리의 언어로 쓴 것들이 읽히고 이해될 거란 신념과 낙관적인 믿음을 가지고 창작 활동을 계속했습니다. 결국 세계적인 작가의 반열에 올랐지요.

파묵은 노벨문학상 수상 연설에서 "젊은 시절 터키를 변방으로 인식했고, 독서뿐만 아니라 글쓰기를 통해서도 이스탄불의 삶에서 벗어나 서양으로 여행을 했지만 이제 제게 있어 세계의 중심은 이스탄불입니다."라고 밝힙니다. 그는 자신의 문학과 삶의 중심이 이스탄불이라는 점을 강조하고 있지요. 실제로 컬럼비아 대학교에서 가을 학기만 강의를 하고 나머지 기간은 이스탄불에 살고 있습니다.

우리는 한국문학을 주변부 문학, 제3세계 문학으로 여기고 언제쯤 중심부로 진입할 것인가에 대한 아쉬움을 토로하는데, 파묵은 중심부나 주변부에 대한 고민보다는 우리 마음에서 우러나오는 진정성 있는 작품을 쓰는 것이 중요하다고 강조합니다.

내 이름은 빨강

저는 오르한 파묵이 세계적인 작가로 성공할 수 있었던 이유 중 하나로 다른 작가가 시도하지 않는 것을 실험했기 때문이라고 언급했습니다. 그는 항상 "나는 유일무이한 작품을 쓰고 싶다. 정전이 되는 작품을 쓰고 싶다"고 말하는데, 이 말은 『내 이름은 빨강』 후기에 잘 드러나 있습니다. 파묵은 이 작품을 탈고한 후 뉴욕으로 가는 비행기 안에서 이 작품에 대한 자신의 생각을 쓴 바 있는데, 글의 마지막을 보면 『내 이름은 빨강』이 '정전'이 되기를 진심으로 바란다는 표현이 있습니다. 그리고 그의 바람은 실현되지요.

오르한 파묵의 명성이 세계적으로 극에 달한 작품이 바로 이 『내 이름은 빨강』입니다. 소설의 배경은 16세기 말 오스만 제국의 수도 이스탄불입니다. 술탄의 밀명으로 제작하는 회화집에 들어갈 세밀화를 그리는 세밀화가들 중 한 명이 살해되는 것이 소설의 발단이지요. 소설은 살해되어 우물 바닥에 누워 있는 이 세밀화가의 독백으로 시작됩니다. 동서양의 충돌과 대립, 보수와 진보, 절대적인 것과 상대적인 것, 신적인 것과 악마적인 것, 공동체와 개인의 상충, 예술가의 고뇌까지를 다루고 있다고 할 수 있습니다. 오르한 파묵은 이 소설을 통해 '예술가의 고뇌'를 다루고자 했다고 말하고 있습니다. 많은 연구자들이 동서양 회화의 갈등이라고 분석한 반면에 말입니다.

서양 르네상스 시대의 새로운 화풍이 오스만 제국에 유입되면서 제국의 화단에도 원근법이 소개되기 시작합니다. 원근법이라는 것은 무엇이지요? 우리 인간의 시선에서 그린 것입니다. 가까이 보이는 것은 크게 그리고 멀리 있는 것들은 작게 그리지요.

그런데 이슬람의 전통 회화인 세밀화를 보신 적 있나요? 비호자드라고 하는 페르시아 최고 화가의 작품이 있습니다. 제목은 〈목욕하는 쉬린을 훔쳐보는 휘스레브〉입니다. 이 그림은 인간의 시점이 아니라 신의 시점으로 그린 작품이에요. 목욕을 하고 있는 여자를 언덕 너머 꽤 먼 곳에서 남자가 훔쳐보고 있습니다. 그런데 남자가 타고 있는 말 크기와 여자가 타고 온 말의 크기가 똑같아요. 멀리 있거나 가까이 있거나 상관없이 얼굴 크기도 같아요. 이것은 바로 원근법이 적용되지 않는, 다시 말해 인간의 시선이 적용되지 않은 신의 관점으로 그린 그림이라는 거지요. 마치 신이 우리를 내려다보듯이 말입니다. 신에 대한 이러한 관점, 동양적인 사고방식이 지배하던 시기에 원근법이 적용된 서양 그림이 들어오면서 동양적 화풍이 뿌리째 흔들리기 시작하지요.

인본주의를 표방하는 르네상스 시기 유럽의 초상화 화풍이 들어오기 시작하면서 세밀화가 완전히 사라질 위기에 봉착했고, 바로 이 시기를 다룬 소설이 『내 이름은 빨강』입니다. 끝까지 세밀화를 고수하겠다는 화가들과 서양의 새로운 화풍을 받아들여야 된다는 화가들 사이의 유혈사건을 다룬 소설이라고 할 수 있습니다.

『이스탄불, 도시 그리고 추억』에 보면 파묵은 일곱 살 때부터 스물두 살 때까지 화가가 되고자 했습니다. 그림 그리는 걸 정말 좋아했고 지금도 그림에 대한 집착은 여전합니다. "저는 세상을 그림으로 이해하는 작가입니다. 어떤 작품을 설명할 때 그림처럼 서술합니다. 제게 문학이라고 하는 것은 삶과 세상을 단어들로 쓰는 것이 아니라 단어로 보는 것입니다."라고 말할 정도입니다. 즉 파묵은 시각적인 작가라는 거지요. 화가가 되고자 했던 청소년기의 바람과 열망을 『내 이름은 빨강』을 통해 분출했다고 볼 수 있습니다.

세계 평단이 『내 이름은 빨강』에 대해서 어떤 평을 했는지 한번 볼까요? '오스만 제국 예술가들의 치열한 삶과 사랑을 놀랄 만큼 생생하고 정밀하게 재현해낸 시대의 고전', '현기증이 날 정도로 아름답고, 경이로울 정도로 다채로운 세계문학의 진수', '문학적 묘미와 읽는 묘미를 결합시키는 완벽한 소설'이라고 했습니다. 우리나라에서도 김영하 작가가 '궁정화가들의 욕망과 질투, 예술과 광신, 모방과 창조에 관한 풍부한 일화를 갖춘 일급의 소설'이라고 평한 바 있고 김연수 작가는 '이런 작품이 있는데 문학이 죽었다고 말하는 건 풍문이다'라고 말하기도 했습니다. 고려대학교 국문과 교수는 '내가 읽은 21세기 소설 가운데 가장 탁월한 작품'이라고 평했지요. 그야말로 극찬이 쏟아졌습니다.

소설은 살해당한 세밀화가인 엘레강스의 독백으로 시작됩니다. 살인사건이 발생하자 술탄은 당장 범인을 색출하라는 명령을 내리지요. 이 작품이 우리에게는 이국적인 소재임에도 불구하고 많이 읽힌 이유는 추리소설의 모습을 갖추었기 때문이기도 합니다. 사실 오르한 파묵은 추리소설 형식을 좋아하지 않았어요. 『내 이름은 빨강』 탈고 후 비행기에서 쓴 글에서 내키지 않아도 그럴 수밖에 없었던 이유를 밝힙니다. 아무도 읽어주지 않으면 자신이 너무나 사랑하는 세밀화가들이 잊힐 것이라 생각했기 때문에 대중적으로 인기있는 추리소설 기법을 적용했다고 말이지요.

소설의 등장인물 중 한 명인 에니시테는 대사 자격으로 베네치아에 갔다가 어떤 귀족의 초청으로 그의 집에 가게 됩니다. 그리고 이제껏 보지 못한 놀라운 것을 목격하게 되지요. 바로 자기 앞에 서있는 사람과 똑같이 그린 초상화를 본 것입니다. 여러분, 이슬람 문화권에서는 원래 사람의 얼굴을 그리는 것이 금기시되어 있었답니다. 사람의 얼굴을 그리는 화가는 심판의 날에 끔찍한 화를 당할 거라고 예언자의 언행록에 쓰여 있기 때문이죠. 보통 외국에 가면 교회 천장이나 벽에 성화가 그려져 있는 것을 볼 수 있지요? 당연히 사람의 얼굴도 포함되어 있습니다. 그런데 이슬람 사원에 가면 벽이나 천장이 모자이크, 아라베스크, 꽃무늬 같은 것으로 장식되어 있는 모습을 보게 되실 겁니다. 사람의 얼굴은 하나도 없지요.

에니시테는 사람 얼굴을 그린 것을 보고 충격을 받은 동시에 초상화의 매력에 빠져버렸습니다. 그런데 초상화를 그리려면 술탄을 설득해야 했습니다. 세밀화가들에게 돈을 지불하는 사람은 술탄이었으니까요. 그래서 그는 백 년이 지나고 천 년이 지나도 후대 사람들에게 영원히 기억될 수 있는 방법이 있다고 술탄을 설득하지요. 바로 영원불멸성을 내세운 것입니다. 이건 모든 인간이 원하는 거죠. 우리가 결혼해서 자식을 낳거나 제사를 지내는 이유 가운데는 죽은 뒤에 후손이 나를 기억해주었으면 하는 소망이 있기 때문 아니겠습니까? 자신과 똑같은 그림을 그려 영원히 남기겠다는 욕망에 휩싸인 술탄은 비밀리에 초상화 제작을 하라고 명하게 됩니다. 세밀화가들은 이렇듯 서양 화풍으로 이슬람 세계를 묘사하기 시작하면 궁극적으로는 자신들의 자리가 없어지게 될까봐 불안을 느끼게 되고, 이들 사이의 갈등은 살인사건으로 치닫게 됩니다.

이 작품의 서사적인 특징은 등장인물들이 번갈아가며 화자로 등장해 자신들의 이야기를 한다는 것입니다. 역사 소설에 대한 고정관념을 깨는 모던한 서술 방식, 거기에 추리소설의 기법을 가미한 것인데요. 그러나 이 소설이 극찬을 받은 진정한 이유는 이슬람의 역사와 문화, 문명의 흥망성쇠를 애정 어린 시선으로 감싸 안은 심오한 통찰력을 발휘했기 때문입니다. 독자들에게 지적인 즐거움을 선사함과 동시에 문학적으로도 높은 완성도를 획득했습니다. 흥미진진한 것은 말할 것도 없고요.

소설을 읽는 맛을 더하기 위해, 주요 소재가 되는 세밀화에 대해 한번 알아보겠습니다. 세밀화는 중세 고본을 장식했던 소형의 미세화입니다. 미니어처라고 하면 이해가 쉬우실까요? 이 세밀화는 이슬람 회화의 꽃이라고 할 수 있습니다.

과거 이슬람 세계에서는 세밀화가 단독적인 예술 장르가 아니라 종교 서적의 삽화나 장식에 이용되었답니다. 그러니까 이야기를 부연 설명하는 그림으로 사용된 것이지요. 옛날에는 글을 못 읽는 사람들이 많았기 때문에 그림으로 이야기를 설명하는 용도였습니다. 요즘 흔히 어린이 그림책에 들어가는 삽화라고 생각하시면 됩니다. 그리고 세밀화를 동원해 이야기를 설명하는 목적은, 문맹인 신자들에게 이슬람 교리를 전달하는 것이었습니다. 즉 종교적인 목적에서 그려지기 시작한 것이죠.

앞에서 말씀드렸듯 세밀화에 원근법은 전혀 적용되지 않습니다. 맨 뒤에 있는 사람이나 맨 앞에 있는 사람이나 크기가 다 똑같아요. 신의 관점에서 그리는 것이라고 말씀드렸습니다. 게다가 투시법을 사용하기도 합니다. 집 밖에서도 집안에 있는 양탄자가 들여다보인답니다. 벽지며 가구며 집 안에 있는 계단까지 말이지요. 마치 신이 모든 것을 꿰뚫어 보듯이.

파묵은 『내 이름은 빨강』을 통해 소설과 회화의 크로스오버, 즉 그림을 이야기로 묘사하는 새로운 글쓰기를 실험했습니다. 예를 들면 소설에서 "히스레브가 말을 타고 가는 장면이야"라는 문장이 있는데 그 장면을 얼마나 잘 묘사하는지 읽으면 그림이 바로 눈앞에 떠오릅니다. 작품 속의 어떤 장면은 실재하는 그림이 눈에 선하게 떠오를 정도로 묘사하고 있습니다. "히스레브가 밤에 말을 타고 쉬린에게 가서 그녀를 향한 사랑으로 애태우며 기다리는 장면이지. 잘생긴 히스레브의 말은 여인처럼 가냘프고 우아하지. 위쪽 창가에 있는 연인 쉬린은 고개를 숙이고 있고." 여기에서 말하는 그림은 〈히스레브, 쉬린의 성 앞에서〉라는 작품입니다. 오르한 파묵이 이 작품을 보면서 등장인물의 입으로 묘사하고 있는 것입니다.

파묵의 섬세한 묘사는 그가 세밀화를 글로써 복원했다는 찬사를 받게 만들었습니다. "섬세하게 그려진 벽과 창, 창틀의 장식, 졸린 목에서 새어나오는 고요한 비명의 빛깔, 졸린 목에서 새어나오는 고요한 비명의 색깔을 닮은 붉은 색 카펫, 살인자가 당신을 죽일 때 보이는 역겨운 맨발과 그가 잔인하게 밟고 서있는 이불의 화려하고 멋진 노란 색과 보라색 꽃 모양." 이 문장은 바로 〈히스레브의 살해〉라는 작품을 묘사하고 있습니다.

세밀화 즉 동양화는 신의 시점에서 그린 그림이고 투시법을 쓰며 평면적인 묘사를 합니다. 반면 베네치아 화풍의 서양화는 인간의 시점에서 그린 그림이지요. 세밀화는 이야기의 일부로서의 그림이며, 단독적인 예술 양식이 아닙니다. 반면 서양화는 물질세계를 묘사하며 현세적이지요. 그림의 목적도 다릅니다. 세밀화는 기록을 위한 것이고 기억에 의존하고 있는 반면, 서양화는 창작이 목적이라는 거지요. 즉 서양화는 눈에 보이는 것을 그리고 동양화는 기억에 의존해서 그린다는 거예요. 소설에서 이에 대한 사례가 나옵니다. 어떤 세밀화가가 말을 그리는 장면이 있는데, 그는 말과 종이를 동시에 보면서 그림을 그릴 수 없습니다. 먼저 말을 보고, 머리에 남은 말의 잔상을 종이에 그리지요.

세밀화의 세계에서는 '화가의 개성은 결함'이라고 말합니다. 세밀화 한 편을 그리는 데 보통 네다섯 명이 공동으로 작업을 합니다. 말만 그리는 화가가 있고, 나무만 그리는 화가가 있고, 얼굴만 그리는 화가가 따로 있지요. 이렇게 공동 작업을 하는데 그 작품에 서명을 넣을 수 있겠어요? 이것이 바로 동양적인 사고방식과 연결되지요. 개성이 부각되면 그 작품 전체의 균형이 무너지기 때문에 서로 개성을 드러내지 않아야 조화롭게 그려나간다는 생각. 그래서 개성은 결함이라는 말이 나오는 것입니다.

반면에 서양화는 개성을 중시하지요. 우리가 서명을 확인하지 않아도 피카소의 작품을 알아보는 까닭은 그만의 스타일, 개성이 충분히 드러나기 때문입니다. 서양은 개성을 중요시하는 사회라는 증거이기도 하죠. 세밀화와 베네치아의 화풍만 비교해 봐도 동양의 세계관과 서양의 세계관이 확연하게 구분되고 있는 걸 알 수 있습니다.

같은 16세기에 그려진 그림이라도 서양화는 인본주의 경향으로 인물이 한가운데에 그려져 있는 인물 중심의 그림이 주류인 반면 한국 동양화는 또 다르지요. 풍경 중심입니다. 인간은 아주 조그맣게 그려져 있어요. 인간은 자연의 일부일 뿐이라고 보는 동양의 사고방식이에요. 한편 이슬람 세계 작품을 보면 자연과 인물이 거의 동등한 크기로 그려지고 있습니다. 그래서 동양의 사고방식과 서양의 사고방식, 이슬람 세계의 사고방식이 확연히 구분됩니다. 이렇게 동양화, 서양화, 이슬람 회화를 통해 당시 세계관의 차이를 깨닫는 재미가 있지요.

순수박물관

소설『순수 박물관』은 한국에서 두 권으로 출간되어 분량 면에서 꽤 묵직한 작품이지만 사랑 이야기가 소재인 만큼 술술 읽히는 장점이 있습니다. 『내 이름은 빨강』이 회화와 소설의 크로스오버를 시도한 작품이라고 한다면, 이 작품은 소설을 박물관 콘텐츠로 확장한 사례입니다. 박물관은 오스만 제국의 건축양식입니다. 퇴창벽 밖으로 쑥 내밀도록 물려서 낸 창이 부각되는 건물이었지요. 이 건물은 거의 허물어져가는 중이었는데, 1999년에 오르한 파묵이 구입해서 박물관으로 리모델링했습니다. 이곳을 여주인공이 살았던 공간으로 상상하며 소설을 썼답니다. 소설 2권에 보면 이 박물관의 입장권이 들어있어요. 박물관에 입장하실 때 따로 입장료를 낼 필요 없이 이 책을 가져가면 됩니다. 그 입장권에 주인공 퓌순의 귀걸이와 같은 나비 모양의 도장을 찍어줘요. 좋은 기념이자 추억으로 남겠지요.

작가가 노벨문학상을 받은 이후에 처음으로 출간된 작품이 바로 『순수 박물관』입니다. 터키에선 출간 일주일 만에 10만 부가 팔렸지요. 현대 터키를 배경으로 하고 있기 때문에 독자들은 소설을 통해 터키의 현대사를 배울 수 있답니다. 저는 소설을 읽는 이유 중 하나가 시간 절약이라고 생각해요. 오르한 파묵은 이 소설을 쓰는 데 거의 10년이라는 세월을 보냈어요. 1999년에 시작해서 2008년에 냈으니까요. 물론 중간에 다른 활동들도 했지만, 작품을 구상하고 탈고하는 데 이렇게 오래 걸렸답니다. 세계적으로 명성 있는 작가가 10년에 걸쳐 쓴 작품을 우리는 마음먹으면

사흘 만에도 읽을 수 있답니다. 인생에서 고귀하고 의미 있는 일을 경험하는 데 있어 소설 읽기는 시간을 절약할 수 있는 좋은 선택이라 생각해요.

이 소설의 공간적 배경은 작가가 나고 자란 이스탄불입니다. 소재는 서로 먼 친척인 남녀 간의 사랑이에요. 특히 남자의 집착적인 사랑을 다루고 있답니다. 여주인공인 퓌순은 가난한 집안 출신이고, 남자 주인공 케말은 부잣집 아들이라는 설정이 무척 신파적이지만 전개가 빨라 재미있지요.

오르한 파묵은 이 소설을 쓴 뒤 한 신문과 했던 인터뷰에서 이렇게 말했습니다. "변하지 않는 게 있다면 그건 인간의 감정입니다. 특히 질투나 사랑은 아무리 세상이 바뀌어도 절대 변하지 않지요." 우리가 사랑할 때 느끼는 공통적인 감정이 뭘까요? 거짓, 배신, 집착, 고통, 욕망, 질투, 상실감……. 소설에는 이러한 감정들이 아주 세세하게 잘 묘사되어 있어요.

오르한 파묵은 이 소설을 쓰면서 "나는 안나 카레니나를 다시 쓰고 싶었다"고 말해요. 소설 『안나 카레니나』는 방대한 작품이라 읽기가 쉽지 않습니다. 혹시 영화를 보신 분 계신가요? 저는 소피 마르소가 주연인 영화를 추천합니다. 이 영화는 소피 마르소 그러니까 안나 카레니나가 탄 기차가 갑자기 역에서 급정거하는 장면으로 시작되지요. 어떤 사람이 기차에 뛰어들어 투신자살을 한 거예요. 영화나 소설을 전공한 사람이라면 이 사건이 향후 진행될 일들에 대한 복선이라는 것을 추측할 수 있지요.

소설『순수 박물관』의 초반부에 퓌순은 당시 이스탄불 상류층 남자들을 상대하는 여성이 자동차 사고로 죽는 것을 목격합니다. 이것은 소설 전체의 복선이지요. 그래서『안나 카레니나』가『순수 박물관』의 모티브가 되었다는 것이고, 이 두 주인공 여성의 최후도 비슷하게 전개됩니다. 물론 소설의 전반적인 내용과 전개 양상은 다르지만요.

소설 속에는 한 인물이 살아온 30여 년간의 모든 기억과 추억들이 담겨있답니다. 우리는 이 긴 시간의 흔적을 이스탄불에 건립된 순수 박물관에 가면 볼 수 있습니다. 신기한 것은 소설『눈』이 2002년에 발간되고 이 소설은 2008년에 발간되었는데요.『눈』에 벌써 이 소설에 대한 언급이 나온다는 거지요. 다음과 같이 말입니다.

그래서 책상 위에 있던 재떨이, 담뱃갑, 편지 봉투 뜯는 칼,
머리맡에 있던 시계, 겨울 밤 파자마 위에 입었기 때문에
그의 체취가 나는 25년 된 너덜너덜한 조끼, 여동생과
돌마바흐체 궁전에서 찍은 사진, 더러운 양말, 서랍에 들어
있던 사용하지 않는 손수건, 부엌에 있던 포크에서 시작해서

쓰레기통에서 꺼낸 담뱃갑까지, 박물관 관리자의 열정 같은 심정으로 모든 것을 봉투에 담았다. 우리가 이스탄불에서 마지막으로 만났을 때 카는 나에게 이후에 내가 쓸 소설에 대해 물었었다. 나는 아무에게도 말하지 않고 감춰두었던 소설『순수 박물관』의 줄거리를 그에게 말해 주었었다.

소설『눈』 2권의 내용입니다. 그러니까 이 소설보다 6년이나 일찍 출간된 소설에 이미『순수 박물관』에 대한 언급이 나온다는 거지요. 파묵이 얼마나 계획적이고 체계적으로 소설을 쓰는지 알 수 있답니다.

소설『순수 박물관』의 종반부에 보면 소설 속에 오르한 파묵이 등장합니다. 케말은 자신의 사랑 이야기를 소설로 써달라고 오르한 파묵에게 부탁합니다. 소설에서 한 줄의 여백을 둔 후에 "안녕하세요. 저는 오르한 파묵입니다"라고 갑자기 작가가 등장하면서 자신이 어떻게 케말을 만났고 어떻게 이 소설을 쓰게 됐는지 과정을 설명합니다. 바로 포스트모더니즘의 한 특징인 메타픽션이지요.

케말은 퓌순이 이미 결혼했다는 것을 알고는 자신의 약혼자와 파혼을 합니다. 유부녀인 퓌순을 보려고 매일 저녁 그녀의 집을 방문하게 되지요. 퓌순의 집에서 그는 그녀가 만졌던 모든 물건을 아무도 모르게 주머니에 쏙 넣어 가지고 옵니다. 집으로 돌아와서는 그 물건들을 보고, 만지고, 그녀의 향기를 맡으며 위로를 받지요. 그러면서 그는 이렇게 생각합니다.

하지만 가장 행복한 순간을 생각했을 때, 그것이 아주
오래 전 일이며, 다시는 오지 않을 것이고, 그래서 우리에게
고통을 준다는 것도 알고 있다. 이 고통을 견딜 수 있게 하는
유일한 방법은 그 황금의 순간이 남긴 물건들을 소유하는
것이다. 행복한 순간들 이후에 남겨진 물건들은 그 순간의
기억, 색깔, 보고 만지는 희열을, 그 행복을 느끼게 해준
사람보다 더 충실히 간직하고 있다.

여러분도 버리지 못 하는 물건이 하나쯤 있지요? 그 물건을
보면 얽힌 이야기들이 생각나지 않나요? 저의 어머니는 제게 당
신이 소유하고 있던 물건들을 하나씩 주고 계시는데, 언젠가 그
물건을 보며 어머니를 떠올리고 추억하리란 걸 벌써부터 예감하
고 있습니다.
　이 소설은 모든 물건에는 영혼이 있다는 생각에서 출발합니
다. 그래서 케말은 퓌순이 피우고 버린 담배꽁초를 비롯해서 먹
고 버린 아이스크림콘까지 주워 주머니에 넣습니다. 그 모든 물

건을 다 모아서 박물관에 전시하지요. 케말은 그녀의 향기가 밴 물건을 가져오는 것에 대한 의미를 이렇게 얘기합니다.

성냥을 식탁에서 집어 모르는 척하며 주머니에 넣을 때 느꼈던 행복에는 또 다른 면도 있었다. 집착적으로 사랑하지만 '소유할 수 없는' 누군가에게서 작지만 어떤 일부를 떼어내는 행복이었다. 물론 무언가를 '떼어내다'라는 말은, 사랑하는 사람의 숭배할만한 몸의 일부를 떼어낸다는 의미이다.

오르한 파묵은 이 박물관을 건립하기 위해 전 세계를 여행하며 특히 개인이 세운 박물관들을 돌아다닙니다. 남의 시선을 그다지 끌지 않는 뒷골목에 있는 작은 박물관들을요. 이런 박물관에 대해 오르한 파묵은 케말의 입을 빌어 다음과 같은 정의를 내리지요.

박물관은 돌아다니는 곳이 아니라 느끼고 경험하는 곳이다. 느끼게 될 것의 영혼을 형성하는 것은 수집품이다. 수집품이 없는 곳은 박물관이 아니라 전시관이다.

또 케말은 자신이 모은 물건들을 전시하는 일이 자신의 자취에 의미를 부여하리라 생각하며, 물건에도 자신의 기억이 스며들어 있다고 여깁니다. 그래서 퓌순이 죽은 후 "생각과 기억, 상실의 고통과 상실의 의미 사이를 맴돌다가 박물관을 떠올리게 되었다"고 하지요. 그리곤 자신의 이야기를 써달라는 부탁을 하러 오르한 파묵을 만나게 됩니다. 케말은 파묵에게 다음과 같은 말을 합니다.

"나도 한 여인을 사랑해서 그녀의 머리카락과 손수건,
머리핀 등 그녀가 가졌던 모든 물건을 숨겨 놓고 오랫동안
그것에서 위안을 찾았습니다. 오르한 씨, 나의 이야기를,
진심을 다해 말씀드려도 될까요?"

슬픈 사랑 이야기지요. 소설의 마지막 부분을 읽으면 눈물이 안 날 수가 없답니다. 케말의 정신 상태는 일종의 집착적인 면이 있었어요. 사소하지만 어찌되었든 남의 물건을 훔쳐서 자기 집에 갖다 놓는 것은 집착이라고 설명할 수밖에 없지요. 파묵은 누군가를 진심으로 사랑하면 이럴 수도 있다고 우리를 설득하는데, 이상한 것은 설득이 된다는 거죠.

작가는 박물관이란 곳을 두고 시간을 공간으로 전환시킨 장

소라고 말합니다. 그리고 시간이 흘렀다는 것을 순간적으로나마 우리에게 느끼게 해주는 곳이라고도 했죠. 바깥의 삶, 소리, 분위기와는 아주 다른 곳이라고요.

이제 오르한 파묵의 집필 스타일에 대해 말해보고자 합니다. 오르한 파묵의 책상 바로 옆에는 수많은 메모들이 붙어 있지요. 현재 쓰고 있는 작품에 대해 잊으면 안되는 것들을 써서 붙여 놓는다고 합니다. "순수의 순수를 잊지 마", "박물관에 전시될 물건들을 생각하며 써" 등등. 『순수 박물관』을 예로 들면 케말이 퓌순의 집에서 저녁을 먹을 때 식탁에 가족들 한 명 한 명이 앉은 자리를 메모해놨다가 소설에 쓰는 거지요.

이스탄불 번화가인 이스티크랄 거리에는 순수 박물관 가는 길을 알려주는 표지판이 있습니다. 저는 순수 박물관을 개장하기 전에 그곳을 방문한 적이 있습니다. 소설을 읽은 사람은 박물관에 전시된 물건들을 보면 금방 알아보지요. 퓌순이 운전을 배울 때 입었던 드레스, 퓌순이 피우고 난 담배꽁초 1,452개. 가공할 만하지요. 담배꽁초들 밑에는 날짜까지 적어 놓았답니다.

박물관에 있는 전시물 중에는 유리 상자 안에 담긴 『순수 박물관』 육필 원고도 있답니다. 오르한 파묵은 아직도 원고를 컴퓨터가 아니라 만년필로 쓴답니다. 그리고 박물관 3층으로 올라가면 각국어로 번역되어 나온 『순수 박물관』 소설들이 모두 전시되어 있지요. 그리고 박물관 다락 층에 가면 "케말은 2002년에서 2007년 사이에 이 방에 살았고, 의자에 앉아 있는 오르한 파묵에게 자신의 이야기를 해줬다. 그는 2007년 4월 12일에 세상을 떠났다"라는 글이 벽에 붙어 있습니다. 이것을 읽으면 마치 케말이 소설 속 인물이 아니라 실존했던 인물이라는 착각이 들지요. 허구를 실제로 재현해 놓은 모습입니다.

자신을 쓰라

순수 박물관뿐만 아니라 이스탄불에는 오르한 파묵의 집안이 대대로 살았던 '파묵 아파트', 그가 어린 시절 자주 갔던 문방구인 '알라딘의 가게', 케말의 장례가 치러졌던 '테쉬비키예 사원' 등을 둘러볼 수 있습니다. 그 모든 문학 공간들은 기행자들에게는 낯익은, 무척이나 매력적인 장소들이지요.

과거에 이스탄불의 부호들은 아파트를 짓고는 거기에 자신들의 가문 이름을 붙였답니다. 파묵 아파트는 오르한 파묵의 자서전이나 작품에도 자주 등장하기 때문에 독자들은 실제 공간에서 작품의 향기를 느낄 수 있습니다. 그는 작품에 자기 자신과 그

주변을 상당히 투영하는 편입니다. 작품들을 보면 오르한 파묵의 분신이 등장하거나 혹은 자신이 직접 등장하기도 합니다. 직접적으로 등장하는 사례는 소설 『눈』인데 죽은 시인 '카'의 친구로 등장합니다. 『순수 박물관』에서는 주인공 케말의 이야기를 쓰는 소설가로 나오지요. 『내 이름은 빨강』에서는 어린 시절의 오르한 파묵이 등장하기도 하고요. 이 소설에 나오는 오르한의 어머니 셰큐레도 실제 오르한 파묵의 어머니 이름이고, 형으로 등장하는 셰브켓 역시 파묵의 실제 형 이름입니다. 『새로운 인생』이라는 소설에서는 주인공이 바로 대학 시절 방황하던 오르한 파묵의 분신입니다.

앞에서 파묵이 "작가로 성공하기 위해서는 자신이 가장 잘 아는 것을 쓰라"고 했다는 말씀을 드렸지요? 그가 작품에 자기 자신이나 자신을 키운 세상을 꾸준히 쓰는 것도 바로 그러한 맥락일 것입니다. ¶

오르한 파묵

Orhan Pamuk

1952~

오르한 파묵은 터키 이스탄불의 부유한 가정에서 태어났다. 이스탄불 공과대학교에서 건축학을 공부하다 작가가 되겠다는 결심을 하고 자퇴를 했다. 독서와 글쓰기에 몰입하고, 첫 소설 『제브데트 씨와 아들들』(1982)로 밀리예트 신문 공모 소설 대상을 받으며 화려하게 문단에 데뷔했다. 이어 『고요한 집』(1983)으로 각종 문학상을 받으며 주목을 받았고, 『하얀 성』(1985)으로 뉴욕 타임즈에서 '동양에 새 별이 떠올랐다' 라는 극찬을 받으며 세계적인 작가로 부상했다. 뉴욕 컬럼비아 대학의 방문학자로 체류하면서 『검은 책』(1990)을 썼고, 이어 『새로운 인생』(1994)을 발표했다. 『내 이름은 빨강』(1998)으로 세계 유수 문학상들을 휩쓸면서 노벨문학상을 받을 만한 작가라는 평을 얻기 시작했다. 이후 '처음이자 마지막으로 쓴 정치소설'이라고 밝힌 『눈』(2002)을 발표했으며, 2006년에는 "이스탄불의 음울한 영혼을 탐색해 가는 과정에서 문화 간 충돌과 복잡함에 대한 새로운 상징을 발견했다"라는 평을 받으며 노벨문학상을 수상했다. 한 남자의 집착적인 사랑을 그린 『순수 박물관』(2008)에 이어 『내 마음의 낯섦』(2014)을 발표했고, 가장 최신작 『빨강 머리 여인』(2016)은 터키에서 단기간 안에 40만 부가 팔렸다. "작가는 바늘로 우물을 파듯이" 글쓰기를 해야 한다는 파묵은 "작가에게 있어서 필요한 것은 첫째도 인내요, 둘째도 인내요, 셋째도 인내"라고 강조했다. 오늘날 그가 세계 문학계의 거장 반열에 오를 수 있었던 것도 이러한 직업정신과 근면성 덕분이었다는 사실은 의심의 여지가 없다.

내 이름은 빨강

Benim Adım Kırmızı

1998

『내 이름은 빨강』은 세계 문단이 오르한 파묵의 대표작으로 꼽는 작품이다. 2002년 프랑스 최우수 외국문학상, 2003년 이탈리아 그란차네 카보우르 문학상, 2003년 인터내셔널 임 팩 더블린 문학상을 수상했으며, 각국 언어로 번역 출간되었다.

소설은 1591년 눈 내리는 이스탄불 외곽, 외따로 떨어진 우물 속에 버려진 시체의 입을 통해 시작된다. 이 작품은 16 세기 오스만 제국을 무대로 전통적 이슬람 화법畫法과 새로 유입되는 서양 화법을 놓고 갈등하는 궁정 세밀화가들의 이 야기가 주조를 이루는 가운데, 젊은이들의 사랑 이야기와 살 인사건을 밝혀가는 과정이 추리 기법으로 그려지고 있다.

소설에서 동서양 문화의 갈등은 원근법을 사용하는 서 양화가들의 인간 중심적 세계관과 투시법을 사용하여 세밀 화를 그려내는 오스만 제국 화가들의 신 중심적 세계관의 충돌로 나타난다. 수백 년 동안 이어져 온 이슬람 회화 전통

이 새로운 화법의 등장으로 몰락할 위기에 처하자 세밀화가들은 두 편으로 갈리어 질투와 반목을 계속한다. 여기에 낯선 그림에 대한 종교적인 두려움으로 인해 벌어지는 살인사건, 그리고 세큐레와 카라의 비극적인 사랑 이야기가 함께 맞물려 전개된다.

　이 작품은 소설이라기보다는 문자로 그려진 하나의 미술작품이라는 느낌을 준다. 세밀화로 그려진 한 폭의 큰 그림을 수많은 퍼즐 조각으로 해체하여 독자들로 하여금 하나씩 맞추며 그림을 완성하게 하는 듯한 인상을 남긴다. 이러한 측면에서 『내 이름은 빨강』은 소설적 상상력을 통한 '회화의 재현'으로 해석할 만한 근거가 있으며, 문학과 회화의 경계를 넘나들었다고 할 수 있다. 우리가 이 작품에 가치를 부여하는 것은 이러한 점에서 이전의 작품들과는 다른 새로운 모습을 보여주기 때문이며, 서사를 통해 이슬람 문화의 꽃인 세밀화를 복원해내는 데 성공했다고 할 수 있다.

이난아

한국외대 터키어과를 졸업하고, 터키 국립 이스탄불 대학에서 터키문학으로 석사학위, 터키 국립 앙카라 대학에서 터키문학으로 박사학위를 받았다. 저서로『터키 문학의 이해』,『오르한 파묵, 변방에서 중심으로』,『오르한 파묵과 그의 작품 세계』(터키 출간),『한국어-터키어, 터키어-한국어 회화』(터키 출간) 등 터키문학과 문화에 관련된 다수의 논문이 있다. 소설『내 이름은 빨강』등 40여 권에 달하는 터키문학작품을 한국어로 번역했으며, 김영하의『나는 나를 파괴할 권리가 있다』등 5편의 한국문학작품을 터키어로 번역했다.

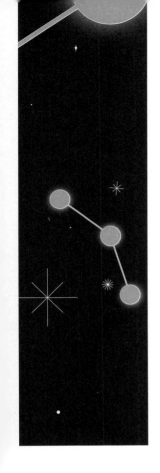

시적이고 서정적인 언어로
자연과의 합일을 노래하다

르 클레지오의 문학세계
그리고 한국

송기정

장 마리 귀스타프 르 클레지오는 세계인들로부터 사랑받는 작가입니다. 그의 작품이 전 세계에서 가장 많은 외국어로 번역되었다는 사실은 그에 대한 사랑과 존경을 증명하지요. 한국 독자들과의 첫 만남은 1980년 『어린 여행자 몽도』가 번역되면서부터입니다. 이후 그의 작품은 꾸준히 번역되었고, 많은 독자들의 사랑을 받았습니다. 한국 독자들이 르 클레지오에 매료된 이유는 무엇일까요?

서구사회와 마찬가지로 한국은 극도의 자본주의와 물질주의가 지배하는 곳입니다. 모든 가치의 척도는 돈이요 물질이죠. 당연히 인간성은 상실되고 진정한 가치는 사라집니다. 그런 한국인들에게 르 클레지오의 작품은 신선한 충격이 아닐 수 없었습니다. 그의 작품에 일관되게 존재하는 것은 세속적 가치에 대한 무

관심, 제도에 대한 거부, 자연에 대한 예찬, 하찮은 동물이나 사물에 대한 애정 어린 시선, 폭력과 전쟁에 대한 고발, 매 순간의 삶에 담긴 아름다움에 대한 경탄이지요. 거기에서 한국 독자들은 진정한 삶의 가치를 느끼게 됩니다.

르 클레지오는 첫 소설『조서』(1963)가 프랑스 최고의 권위를 자랑하는 '르노도문학상'을 받음으로써 문단에 화려하게 데뷔합니다. 아무도 그를 아는 사람은 없었습니다. 게다가 23세의 청년이었던 그는 인터뷰를 거부하는 등 대중 앞에 나서기를 꺼려했습니다. 그땐 정말 그랬습니다. 그래서 사람들은 그를 일컬어 "비밀에 싸인 작가", "신비로운 작가"라고 했던 것이죠. 1994년『리르』라는 프랑스 문예잡지는 현존하는 프랑스어권 작가 중 가장 훌륭한 작가로 르 클레지오를 선정했습니다. 1994년이니까 그가 노벨상을 수상하기 훨씬 전이죠. 마그리트 뒤라스, 미셸 투르니에, 클로드 시몽, 줄리앙 그라크, 나탈리 사로트 등의 쟁쟁한 작가들을 제치고 르 클레지오가 뽑힌 겁니다. 실제로 제가 만난 많은 프랑스인들은 르 클레지오를 현존하는 가장 위대한 프랑스 작가로 꼽더군요.

르 클레지오의 가장 큰 특징은, 프랑스에서 태어나 프랑스에서 교육 받은 프랑스 남성임에도 약자의 시선, 제3세계의 시선,

그리고 여성의 시선으로 세상을 본다는 것입니다. 그는 문학을 통해 서구 중심의 문화지배에 저항합니다. 그리고 스스로를 제3세계인으로 규정하면서 이렇게 말합니다. "나는 한 문화가 다른 문화를 지배한다는 것에 대해 많은 생각을 했다. 상상의 작품이자 의식의 소산인 문학이야말로 불평등한 조건에서 진행되는 세계화시대에 평등을 실현했다. 그런 차원에서 나의 모든 작품은 참여문학이다."라고 말입니다.

다양성 속에서 자라다

유럽인 르 클레지오가 어떻게 제3세계인의 시선으로 세상을 볼 수 있었을까요? 르 클레지오는 프랑스 국적과 모리셔스의 국적을 가진 이중국적자입니다. 그의 조상들은 18세기 말 프랑스혁명의 혼란 속에서 조국을 떠나 모리셔스 섬으로 이주한 사람들입니다. 아시다시피 1789년 프랑스에는 대혁명이 일어납니다. 그리고 1791년에서 1794년까지 폭력과 공포의 시대가 지속됩니다. 르 클레지오의 조상은 프랑스 서북쪽에 위치한 브르타뉴 지방 출신이었어요. 그런데 그곳은 혁명에 대해 격렬히 저항하면서 오랫동안 내전을 치룬 지역입니다. 혁명군과 반군의 전쟁이었죠. 굉장히 가난한 지역이기도 했고요. 르 클레지오의 조상은 그 시절, 폭력과 가난을 피해 조국을 떠나 아프리카의 작은 섬 모리셔스에 정착합니다. 그 섬은 지리적으로는 아프리카에 속하지만 유럽뿐 아니라 인도와 중국으로부터 많은 인구가 유입된 곳입니다. 따라서 그곳에는 아프리카인, 유럽인, 인도인, 중국인 등이 함께 어울려 삽니다. 그런데 정작 르 클레지오는 프랑스 니스에서 태어납니다. 작가의 부모가 프랑스로 역이민을 갔기 때문이죠. 하지만 그의 부모는 모리셔스에서 이주한 사람들로만 구성된 폐쇄적 사회에서 모리셔스의 풍속을 지키면서 살았다고 합니다. 그래서 르 클레지오는, 비록 그곳에서 살지 않았을지라도 모리셔스인으로서의 정체성을 간직하고 있습니다.

르 클레지오는 1940년생입니다. 그러니까 2차 세계대전과 그에 따른 가난을 몸으로 겪었어요. 전쟁이 발발하자 아프리카 나이지리아에서 군의관으로 근무하던 아버지로부터 송금이 끊깁니다. 그래서 니스에 남아있던 그의 가족은 지독한 가난을 경험하게 되지요. 『허기의 간주곡』에는 그 시절을 견뎌내야 했던 가족의 이야기가 간접적으로 표현되고 있습니다. 뿐만 아니라 1954년부터 1962년까지 8년간 지속된 알제리 전쟁을 목격하기도 했습니다. 이렇게 전쟁을 경험하면서 그는 서구 열강의 제국주의 야욕과 그에 따른 전쟁의 참상을 피부로 느낍니다.

1967년, 르 클레지오는 군복무 대신 청년해외협력단의 일원으로 태국에 갑니다. 그런데 그곳에서 행해지던 태국의 아동매춘을 비판하는 글을 프랑스에 발표하는 바람에 태국 정부로부터 추방 명령을 받습니다. 그 후 나머지 복무기간을 멕시코에서 보내게 된 그는 도서관에서 일하는 행운을 얻지요. 도서관에서 일하면서 르 클레지오는 마야 문명에 눈을 뜹니다. 결국 멕시코 대학에서 마야 문명을 연구하게 되고, 급기야 대체복무가 끝난 이후 1970년에서 1974년까지 4년 동안 아예 파나마의 인디언들과 함께 생활합니다. 그들과 똑같은 음식을 먹고, 그들과 똑같은 생활을 하면서 그는 새로운 세상을 만납니다. 현대문명의 때가 묻지 않은 원시적인 세상, 자연과 합일되는 원초적 삶이 존재하는 세상을 말입니다. 그러고 나서부터 글쓰기가 변합니다.『조서』, 『열병』,『홍수』등 초기 소설이 굉장히 고통스럽고 실존적인 동시에 문체 역시 매우 차갑고 반소설적이었다면, 70년대 이후에는 훨씬 편안하고 명쾌하고 소박하면서도 시적이고 서정적인 글쓰기로 바뀝니다.

1975년 모로코 여인 제미아와의 결혼은 르 클레지오에게 또 한번의 터닝 포인트가 됩니다. 제미아를 통해 그는 모로코의 역사, 사막의 역사, 그리고 서구 열강이 아프리카를 침략했던 역사에 대해 많은 생각을 하게 됩니다. 그렇게 해서 나온 소설이 1980년에 발표된 『사막』입니다. 『사막』에는 두 개의 이야기가 교차되어 전개됩니다. 하나는 유목민들이 서구인들에게 쫓겨 하염없이 길을 떠나는 이야기이고, 또 하나는 그 유목민의 후예가 프랑스 이민자로 살아가는 이야기입니다. 1996년 발표작 『황금물고기』는 이민자를 집중적으로 다루면서, 모로코에서 프랑스로 이민 온 소녀의 여러 가지 문제를 파헤치고 있고요.

마흔이 넘어 중년에 접어든 르 클레지오는 가족에 대한 이야기를 쓰기 시작합니다. 18세기에 프랑스를 떠났던 조상들의 이야기, 그들 형제간의 사랑과 갈등을 쏟아냅니다. 『오니샤』, 『아프리카인』, 『황금을 찾는 사람들』, 『검역』, 『혁명』, 『허기의 간주곡』 등이 이에 해당하죠. 조상 혹은 가족들의 이야기는 그에게 마르지 않는 샘물과도 같습니다. 그에게는 가족들이 주고받았던 수많은 편지가 존재했기 때문입니다. 더불어 어머니와 할머니, 그리고 대단한 이야기꾼이었던 고모로부터 들은 이야기는 그에게 수많은 소재를 제공합니다.

『사막』, 침략의 역사를 기록하다

이제 『사막』이라는 작품을 함께 읽어보겠습니다. 그러고 나서 우리나라를 배경으로 쓴『폭풍우』와『빛나 - 서울 하늘 아래』에 대해 이야기하려 합니다.

르 클레지오는『조서』이후 지속적으로 작품을 발표해 왔습니다. 프랑스에서는 상당히 많은 독자를 확보한 작가였지요. 하지만 그야말로 센세이션을 불러일으키면서 그를 프랑스 최고의 작가로 만든 소설은 바로『사막』입니다. 아카데미 프랑세즈에서 수여하는 폴 모랑상을 받았을 뿐 아니라, 전 세계의 언어로 번역되었죠. 소설『사막』은 왜 독자들에게 감동을 주었을까요?

아마도 피침략자의 입장에서 침략의 역사를 기록함과 동시에 이민자 이야기를 정면으로 다룬 최초의 서구 작가이기 때문일 것입니다. 강자의 역사에 가려진 피해자들의 구체적 기억을 문학의 이름으로 기록에 남김으로써 그는 서구 중심 가치관에 대해 저항하고 식민지 침략사에 대한 반성을 촉구했던 것이지요. 동시에 여전히 지속되는 이민자 문제를 공론화하는 장을 만들었다는 점에서도 의미가 크다고 하겠습니다.

이 소설에는 두 개의 이야기가 교차됩니다. 하나의 이야기에는 '누르'라고 하는 유목민 소년이 서구의 침략자들에 떠밀려 하염없이 피난을 가면서 겪고 보고 느낀 것이 고스란히 담겨있습니다. 또 하나의 이야기에서는 누르의 후손인 프랑스 이민자 랄라의 이야기가 전개됩니다. 랄라는 모로코의 빈민촌에 살다가 프랑스로 온 가난한 소녀입니다. 프랑스에는 수없이 많은 이민자와 그 후손들이 살고 있지만, 그들의 삶을 구체적으로 다룬 작가는 그때까지 아무도 없었습니다. 따라서 랄라의 이야기는 처음으로 이민자 문제를 정면에 내세운 의미 있는 작품이라고 볼 수 있습니다. 물론 지금은 이민자의 이야기가 굉장히 많아졌죠. 따라서『사막』에 등장하는 랄라 이야기는 1980년 당시 독자들이 느꼈던 만큼 신선한 충격을 주지는 않습니다. 그러나『사막』은 슬픈 내용에도 불구하고 아름답고 서정적이라 언제 읽어도 가슴을 울립니다.

『사막』은 형식적으로도 새로운 시도를 한 의미 있는 작품입니다. 누르를 비롯한 유목민들의 이야기에는 여백이 많아요. 반면 랄라의 이야기는 여백 없이 지면을 꽉 채우고 있죠. 마치 과거 유목민들의 세계에 침묵과 공백이 존재했던 것과 비교해, 랄라가 사는 현대의 삶에는 그러한 여유가 들어설 자리가 없음을 상징한다고 할까요?

앞서 말했듯이 소설『사막』의 한 축에는 프랑스의 모로코 정복전쟁에 대한 당시 사하라 사막 유목민들의 항전과 패배의 기록이 담겨있습니다. 서사하라 부족장이자 유목민들의 정신적 지도자인 마 엘 아이닌은 스스로 구원자를 자처하면서 스마라에 도시를 건설하고 그곳에서 스페인과 프랑스에 대항하는 자하드 전쟁을 선포합니다. 그러나 1910년 6월 23일, 프랑스의 모아니에 장군이 유목민들을 학살하고 모로코 병사를 진압함으로써 전쟁은 끝이 납니다. 마 엘 아이닌은 1910년 8월 23일 티즈니트에서 사망합니다. 『사막』은 이 전쟁의 과정을 피침략자인 유목민의 입장에서 그린 것입니다.

전쟁이 발발하자 그들은 족장이 있는 곳을 향하여 길을 떠납니다. "왜 가는지 알지도 못하면서 언젠가 이 행진이 끝나리라는 희망도 없이" 그저 하염없이 앞으로 갑니다. 사실 줄거리랄 것도 별로 없어요. 그런데 글이 너무 아름다워 마냥 끌려 들어가게 되지요. 비참한 피난민 처지임에도 그들은 자연과 하나를 이루며 땅과 하늘을 찬미합니다. 청색인간이라 불리는 그들은 구도의 자세로 두려움과 고통과 이기심을 극복하는 방법을 배웁니다. 물이 있으면 그 물을 떠먹고, 배설하면 그곳을 덮고, 가다가 애도 낳습니다. 매일 매일의 기도 시간은 그들에게 가장 중요한 순간이지요. 자연과 하나가 된 그들은 조화로운 삶에서 진정한 자유를 얻습니다.

그곳이 바로 그들의 진정한 세계였다. 금속과 시멘트의 도시가 아닌, 이 모래, 이 돌, 이 하늘, 이 태양, 이 침묵, 이 고통은 그들의 세계였다. 그곳에서는 샘이 흐르는 소리와 인간의 소리를 들을 수 있었다. 자연의 질서만이 군림하는 이곳 사막에서는 모든 것이 가능했고, 사람들은 스스로

시적이고 서정적인 언어로 자연과의 합일을 노래하다

죽음의 주변을 한 점 그늘도 없이 걸어갔다. 청색인간들은 그 어떤 인간도 누릴 수 없었던 자유로운 상태에서 보이지 않는 흔적을 따라 스마라 쪽으로 전진했다.

1910년 프랑스의 모아니에 장군은 마 엘 아이닌을 추격하면서 그를 마법사, 광신자, 총독을 죽인 살인마로 매도합니다. 그리고 이 전쟁은 주술과 기도에 의존하는 미개함을 타파하고 문명을 전파하기 위한 신성한 전쟁이라고 주장합니다. 그들이 총을 앞세우고 들어오면서 내세운 것은 종교, 즉 기독교입니다. 그러나 예수의 무덤을 찾겠다는 십자군 전쟁에 많은 상인과 금을 찾는 사람들이 앞다투어 나섰던 것처럼, 그들의 진정한 목표는 돈이었던 것이죠. 르 클레지오는 이렇게 말합니다.

사막의 사람들은 그들을 기독교인이라 부른다.
하지만 그들의 진정한 종교는 황금과 돈을 숭배하는
것이 아니던가? 은행가들과 아랍왕국의 몰락을 기다리는
사업가들은 모두 경제전문 계획들을 이미 다 짜놓고, 농토,
코르크 떡갈나무 숲들, 광산과 종려나무 숲들을 서로 갈라
나누고 있다. 파리와 네덜란드 은행의 대리점들은 모든
항구의 통관세를 몽땅 거두어간다. …… 이 광산 회사들을

위해 가상의 철도를 신설하고, 사하라와 모리타니를
관통하는 길을 내는 데 헐벗은 땅을 넘겨주어야 한다.
그리고 군대가 철로와 도로를 만들 땅을 총을 쏘아
무력으로 쟁취한다.

이렇듯 경제적 이권을 위해 총으로 무장한 군인들이 물밀 듯
이 밀려옵니다. 하지만 유목민들에게는 무기가 없어요. 마 엘 아
이닌이라는 지도자만 바라보고 기도하며 무작정 이동할 뿐입니
다. 무기가 없는 그들이 무엇을 할 수 있겠어요? 그들을 축복하기
위해 기도하는 늙은 족장 마 엘 아이닌은 무기력하기만 합니다.
　이러한 이야기가 누르라는 소년 시점에서 담담하게 그려지고
있습니다. 이슬람교도들에게 종교는 삶 자체입니다. 하루에 다섯
번 기도하는 그들의 삶은 종교와 분리되지 않습니다. 돼지고기와
술을 금하고, 여자들이 베일을 쓰는 것도 삼시세끼 밥 먹는 것과
다르지 않은 일상의 삶입니다. 그들은 그런 일상을 살 뿐입니다.
그러니 서구 열강들이 서로 이권을 나누어 가지며 협정을 맺고
있다는 사실을 어떻게 알 수 있겠어요? 그저 신의 축복을 받기 위
해 기도하며 하염없이 길을 떠날 뿐이죠. 가슴에 와 닿는 문장이
라 다시 인용하렵니다.

늙은 족장은 그를 패배시킨 것이 군대가 아니라 돈이라는
것도 모른 채, 혼자 스마라의 성채에 갇힌 포로가 되었다.
…… 그가 기도하고, 사막 사람들에게 축복을 내리는
동안 프랑스와 영국 정부가, 프랑스는 모로코라는 이름의
나라를, 또 영국은 이집트라는 이름의 나라를 나누어
가지자고 조약에 사인을 하고 있었다는 것만이라도 그는
알고 있었을까? …… 늙은 족장은 이런 사실들을 전혀
알지 못했다. 그의 투사들은 황금을 위해 싸운 게 아니었기
때문이다. 단지 그들은 축복을 위해 싸운 것이다.
그들이 방어하는 땅은 그들 자신에게도, 그 누구에게도
속하지 않는다. 그 땅은 그들의 시선이 자유로운 공간이며
신이 내린 선물이기 때문이다.

땅은 그 누구의 소유물이 아니라는 말은 요즘처럼 땅값이 얼
마고, 아파트값이 얼마냐에 따라 삶의 등급이 매겨지는 이 사회
에 경종을 울립니다. 소설은 역사적 사실을 그대로 기록합니다.
실제로 마 엘 아이닌은 1910년에 티즈니트에서 죽습니다. 그리고
청색인간들은 다시 길을 떠납니다. 자유를 찾아 사막의 길을 떠
나는 그들은 아무 말 없이 기도를 올리며 "마치 꿈속에서처럼"
사라집니다. 소설의 마지막 구절을 인용해 보겠습니다.

자유에로 가는 길은 끝이 없었다. 자유는 막막한 대지처럼 광활했으며 빛과 같이 아름답고 잔인하며 눈물처럼 감미로웠다. 매일 첫 새벽에 자유로운 사람들은, 그들의 거주지를 향해 남쪽으로, 어떻게 살아야 하는지를 아는 자가 한 명도 남아 있지 않은 그곳으로 돌아갔다. 그들은 매일 똑같은 동작으로 불을 지펴 자신들의 흔적을 태워버렸으며 배설물을 묻었다. 사막을 향해 돌아선 그들은 아무 말 없이 기도를 올렸다. 그리고 길을 떠났다. 마치 꿈속에서처럼 그들은 사라진 것이다.

앞서 말했듯이 소설 『사막』에서는 유목민 소년 누르의 시점에서 그려진 모로코 전쟁 이야기와 더불어 그의 후손인 랄라의 이야기가 교차로 전개됩니다. 지중해 연안 모로코 탕헤르의 변두리 빈민촌에 사는 소녀 랄라는 파란 하늘과 바다와 바람을 좋아하고, 개미, 지네, 풍뎅이, 무당벌레, 메뚜기 같은 곤충이나 도마뱀도 좋아합니다. 앵앵거리는 소리가 거슬리는 파리조차 그녀는 싫지 않아요. 왠지는 알 수 없어요. 그냥 자연 속의 모든 것이 좋을 뿐이죠. 가난하지만 자연과 대화를 나누는 그녀는 행복합니다.
랄라에게는 엄마가 없어요. 하지만 아암마 아줌마가 해주는 이야기를 들으면서 나무와 샘이 있는 곳에서 홀로 자신을 낳은 엄마를 상상합니다. 랄라는 아암마 아줌마가 해주는 조상들의 이야기를 듣는 것도 좋아합니다. 우리가 앞서 살펴보았던 사막의 투사, 청색인간에 대한 이야기를 즐겨 듣지요. 들어도 들어도 자꾸 듣고 싶은 이야기, 반복되는 이야기를 들으면서 그녀는 자랍니다. 그리고 목동 소년 하르타니를 사랑합니다. 하르타니는 벙어리예요. 하지만 그는 보는 것만으로 모든 것을 다 알아요. 그래서 랄라는 정말 중요한 것은 말이 아니라 침묵임을 깨닫게 되지요. 작가는 하르타니를 통해 침묵의 가치를 표현하고 있습니다. 홍수처럼 넘치는 헛된 말의 공허함을 조롱하는 것이겠지요.

랄라의 행복은 돈의 위력을 앞세워 강제로 결혼하려는 도시 남자로 인해 깨지고 맙니다. 그것을 계기로 랄라는 하르타니와 함께 사막으로의 탈출을 시도하지만 실패하고 맙니다. 그 후 랄라는 하르타니의 아이를 임신한 채 프랑스로 떠납니다. 마르세유에 도착한 그녀는 흑인과 아랍인이 사는 파니에 거리의 빈민촌에 살게 되지요. 사막에서 말벌과 파리 같은 하찮은 동물들의 아름다움을 향유하던 랄라의 시선은 마르세유라는 거대 도시가 숨기고 있는 어두운 그림자, 고독과 폭력과 죽음을 꿰뚫어 봅니다.

두려움이 무엇인지 예전에는 잘 몰랐다. 왜냐하면 그곳,
하르타니와 함께 있던 곳에서는 뱀이나 전갈들, 때때로

밤에 그림자 속에서 손짓하는 나쁜 귀신들밖엔 없기 때문이다. 그러나 여기에서는 공허와 비탄과 배고픔의 두려움이 있다. 이름도 없는 두려움이 더럽고 냄새나는 지하실의 반쯤 열린 회전창으로부터 솟아나오기 때문이다. 어두침침한 바닥에서부터도 올라오고, 무덤처럼 차디찬 침실 안으로도 스며들어온다. 또는 몇 달, 몇 년 동안, 이렇게 낮이고 밤이고 끝없이 고무창 달린 구두 발자국 소리를 내며 사람들이 지칠 줄 모르게 걸어다니는 대로 위에 이름 모를 두려움이 바람처럼 쏘다닌다. 그리고 그 두려움은 웅성거리는 그들의 말소리, 엔진 소리와 투덜거리는 소리, 헐떡거리는 숨소리와 함께 무거운 대기 속으로 피어오른다.

이렇듯 사막과 도시의 공간적 대립은 작은 제목 "행복"과 "노예들의 땅에서"가 암시하듯 자유로운 삶과 종속된 삶의 대립을 드러냅니다. 자연에 순응하며 자연과 합일을 이루는 사막에서 자유로운 삶을 누릴 수 있다면, 도시에서는 자연과 유리되고 물질문명의 노예가 되는 종속적인 삶을 사는 것이지요.

마르세유에서 랄라는 호텔 청소부로 일하면서 여러 종류의 이민자들을 만나게 됩니다. 그러던 중 한 사진작가의 눈에 들어 잡지 표지모델이 되면서 세계적인 스타가 됩니다. 그러나 랄라는 그로 인한 명성이나 물질적 이득에는 아무런 관심도 없습니다. 앞서 작가는 기독교인들의 진정한 종교는 황금이라고 신랄하게 지적하지 않았어요? 그러나 사막의 투사들이 그랬듯이, 그들의 후예인 랄라는 물질문명과 황금의 노예가 되기를 거부합니다.

불타는 시선과 생명의 아름다움으로 도시인들을 정복한 랄라는 현대문명의 안락과 풍요를 버린 채, 빈손으로 고향의 바닷가로 돌아갑니다. 그리고 엄마가 그랬듯이 모래사장의 무화과나무 밑에서 홀로 하르타니의 아이를 낳습니다. 새벽 바다를 바라보며 파도처럼 밀려오는 진통을 느끼면서 그녀는 본능적으로 어머니가 그녀를 낳았을 때와 동일한 동작을 되풀이합니다. 물질문명과 동떨어진 원초적인 세계, 신성한 세계, 조상의 행위를 반복하는 신화적인 세계로 돌아가는 것이죠. 새로운 생명이 태어나는 마지막 장면은 아주 인상적입니다. 전쟁으로 인해 많은 사람들이 죽어가지만, 동시에 새 생명은 잉태되고 세상 빛을 봅니다. 이렇듯 삶과 죽음은 끊임없이 반복됩니다.

르 클레지오와 한국

이제 르 클레지오가 한국과 맺은 인연, 그리고 그 결과 탄생한 두 편의 작품을 살펴보겠습니다. 한국은 르 클레지오가 아시아에 관심을 가지기 시작하면서 가장 먼저 방문한 나라입니다. 르 클레지오는 2001년 프랑스대사관과 대산문화재단 초청으로 처음 한국을 방문했고, 그 이후 셀 수도 없을 만큼 여러 차례 한국을 찾았습니다. 당시 르 클레지오의 방한은 큰 뉴스거리였지요. 이미 10여 편의 소설이 번역되어 있었고 상당히 두터운 독자층을 확보하고 있었으니까요. 저 역시 은둔의 작가로 알려진 그가 한국에 온다는 소식을 듣고 무척이나 반갑고 기뻤던 기억이 납니다. 마침 강연의 사회를 맡은 것을 계기로 그와 친구가 되어 20년 가까이 우정을 이어오고 있지요.

한국 언론은 르 클레지오가 한국에 올 때마다 그의 활동에 주목했고 그와의 인터뷰를 싣곤 했습니다. 언론의 주목을 가장 많이 받은 것은 물론 2008년 노벨문학상을 수상했을 때입니다. 한국의 독자들은 마치 우리의 친구가 노벨상을 받은 것처럼 기뻐했어요. 실제로 노벨상을 수상할 당시 그는 이화여대의 석좌교수 신분이었습니다. 언론은 르 클레지오와 한국의 인연을 강조하면서 그의 노벨상 수상소식을 대서특필했지요. 저는 노벨상 수상 직후 한 언론사의 요청으로 그와 이메일 인터뷰를 한 적이 있어요. 그때 가장 인상적이었던 것은 노벨상을 받고 무엇이 달라졌냐는 질문에 대한 그의 답이었습니다.

"달라진 것은 아무 것도 없습니다. 그저 글쓰기를 계속할 뿐입니다. 파리의 아파트를 마련하느라 대출했던 대금을 모두 갚아 기쁩니다. 제게 노벨상은 우연일 뿐, 현실이 아닙니다. 현실은 그저 책상과 하얀 백지지요. 지금은 컴퓨터 화면이라 해야겠군요."

과연 르 클레지오다운 답이었어요. 실제로 그는 예전과 조금도 달라진 것이 없어요. 여전히 허름한 옷차림으로 가방 하나와 노트북을 들고 세계를 여행합니다.

난민 문제가 한창 이슈화되었던 2016년, 이화여자대학교는 김옥길 기념강좌 연사로 그를 초청하면서 난민을 주제로 한 강연을 부탁했습니다. 그는 자기 자신도 난민이고 이민자의 후손이라는 말로 강연을 시작했어요. 그러고는 프랑스 문화를 풍요롭게 한 수많은 외국 작가, 예술가를 나열했지요. 그는 타문화를 배척하는 닫힌 문화는 얼마나 빈약한 것인지 역설하면서 혼종적 문화의 풍요성을 강조했어요.

르 클레지오에게 문화는 모두 값지고 가치가 있습니다. 우월한 민족과 열등한 민족이 존재하지 않듯이, 우월하거나 열등한 문화는 없다고 그는 주장합니다. 모든 문화는 그 고유의 가치를 지닌다고 말이죠. 그래서 그는 늘 여행을 떠납니다. 새로운 땅, 새로운 문화를 배우고 그것을 글로 쓰지요.

아시아는 르 클레지오가 상대적으로 늦게 발견한 대륙입니다. 물론 태국에서 군 생활을 한 경험이 있고, 모리셔스 섬에는 인도인과 중국인들이 많이 있으니 아시아 문화를 몰랐다고는 할 수 없을 거예요. 하지만 본격적으로 그가 동북아시아와 인연을 맺기 시작한 것은 2001년 한국을 방문한 이후입니다.

르 클레지오는 특히 한국 남단의 섬 제주를 사랑했습니다. 마음의 고향인 모리셔스 섬을 닮았다고 하더군요. 한국에 올 때면 조용히 들러 가곤 했지요. 2009년『GEO』30주년 특별호에는 제주 사랑을 담은 글을 싣기도 했고요. 그는 특히 폭풍우가 몰아치는 척박한 환경을 헤쳐 나가는 해녀에게서 생명의 에너지를 보았던 것 같아요. 그러다가 급기야 2014년 제주 우도의 해녀들에게 바치는 소설『폭풍우』를 발표합니다.

이 소설은 제주의 해녀들에 대한 오마주인 동시에 제주라는 섬에 대한 찬가입니다. 그가 해녀라는 존재를 처음 알게 된 것은 여덟 살 때였다고 합니다. 그는 아버지가 구독하던『내셔널 지오그래픽』에서 본 해녀들의 모습에 매혹되었답니다. 특별한 장치도 없이 숨을 참으면서 바다에 들어가 조개며 문어며 전복 등을 따는 젊은 여인들의 모습은 여덟 살 소년에게 환상적으로 보였던 것 같아요.

그로부터 50여 년이 지난 후 제주에 간 그는 실제 해녀들을 만나게 됩니다. 그리고 해녀라는 존재는 그에게 더 이상 상상이 아닌 현실이 됩니다. 어린 시절 보았던 젊은 해녀들은 이제 할머니가 되었지만, 그들과 이야기를 나누면서 그는 사진으로 보았던 여인들을 떠올립니다. 그리고 그들의 용기와 삶의 의지에 큰 감동을 받게 되지요. 그러니까 제주의 해녀들에게 바치는 소설『폭풍우』의 출발점은 1948년으로 거슬러 올라가는 것입니다.

바다의 여인들에게 바치는 소설, 『폭풍우』

『폭풍우』의 중심에는 제주의 바다와 바람과 파도, 그리고 해녀들이 있습니다. 바다에서 불어오는 폭풍우는 모든 것을 삼켜버리고 모든 것을 휩쓸어갑니다. 그러나 그것은 모든 것을 정화시키기도 하지요. 죽음마저도 정화시키는 폭풍우 안에서는 죽음타나토스과 삶에로스이 격렬하게 만납니다. 에로스와 타나토스에 대한 이야기는 뒤에서 다시 말씀드릴게요.

소설『폭풍우』는 베트남 전쟁 당시 종군기자로 활동했던 필립 키요—앙드레 말로의『인간조건』에 등장하는 인물의 이름을 사용했다고 합니다—라는 작가가 제주의 작은 섬 우도에 도착하는 것으로 시작됩니다.

30년 전 나는 이 섬에 처음 왔다. 세월은 모든 것을 바꾸어 놓았다. 내가 알던 장소들, 언덕과 해변 그리고 섬 동쪽에 있는 무너져 내린 분화구 같은 것을 겨우 알아볼 수 있었다.

나는 왜 이곳에 다시 찾아왔을까? 글을 쓰고 싶은 작가로서 이곳 말고 달리 갈 곳이 없었을까? 세상의 소음으로부터 멀리 떨어진 더 조용하고 더 소박한 안식처. 벽을 마주한 책상 앞에 앉아 컴퓨터로 문장을 써내려갈 만한 다른 장소가 없었을까? 그러나 나는 이 섬을 다시 보고 싶었다.

이 세상 끝. 역사도 기억도 없는 이곳. 거센 바다물결이 내려치고, 관광객들에게 시달리는 이 바위섬을.

30년 전, 그는 사랑하는 여인 메리 송과 함께 그 섬에 왔었습니다. 전쟁 당시 성폭행 장면을 목격한 죄로 6년을 복역하고 나온 그에게 메리의 존재는 새로운 삶에 대한 희망이었지요. 그러나 어느 날 그녀는 아무 말 없이 바다로 떠나가 버립니다.

30년이 지난 후 그는 왜 다시 그 섬을 찾았을까요? 기억을 지우기 위해서였을까요? 그보다는 과거의 흔적을 찾고, 그녀를 따라 바다에서 생을 마감하기 위해서였을 것입니다.

그러나 13살짜리 소녀 준과의 기적 같은 만남은 모든 것을 변화시킵니다. 준은 아버지를 모르는 혼혈 소녀예요. 그 섬 출신도 아니지요. 아주 어릴 적, 그녀의 엄마는 어린 준을 데리고 이 섬에 왔고 해녀가 되었어요. 그들은 옛날 이야기도 하고 꿈 이야기도 하고 전설 이야기도 하면서 친구가 됩니다. "사물 옮기기 놀이"라는 엉뚱한 놀이를 고안해내기도 하지요. 준은 바다와 바람과 해녀 할머니들을 좋아합니다. 저녁이 되어 해녀 할머니들이 불턱 해녀들이 바다에 들어가기 전 준비하거나 휴식하는 장소 에 모여 몸을 씻으며 나누는 이야기를 듣는 것도 좋아합니다. 준은 해녀 할머니들이 하는 말에 뒤섞여 있는 바다 속 소리를 들어요. 거품 이는 소리, 모래 사각거리는 소리, 암초에 부딪혀 부서지는 파도의 둔탁한 소리를 말입니다. 이렇게 아버지가 없는 준은 필립 키요에게서 아버지의 사랑을 찾고, 절망적인 삶에 지친 키요는 폭풍우 몰아치는 작은 섬에서 만난 엉뚱하고도 순수한 소녀를 통해 삶에 대한 의지를 되찾습니다.

　흥미로운 것은 중년의 남자와 소녀가 서로를 알게 됨으로써 아이는 중늙은이가 되고, 남자는 철부지 소년이 된다는 것입니다. 소녀는 엄마를 보호하겠다며 어른처럼 말하고, 남자는 짐을 싸면서 휘파람을 부는가 하면, 부두 쪽으로 걸어가면서는 "오 해피 데이"라는 노래를 부르기도 합니다. 이렇게 두 사람이 바뀌어 갑니다. 영혼의 교환이 이루어졌다고나 할까요?

여기에서 아까 말씀드린 에로스와 타나토스에 대해 말해보려 합니다. 폭풍우 안에서는 죽음과 삶이 격렬하게 만납니다. 폭풍우가 부는 날이면 죽은 메리는 키요를 찾아와 사랑을 나눕니다. 키요가 꿈을 꾸는 것이지요. 하지만 그는 깨어있는 것처럼 기억이 선명합니다. 죽음과 파괴를 연상시키는 폭풍우는 역설적으로 성적 욕망을, 즉 생명에 대한 집착을 불러일으키는 것이지요. 그리하여 바람이 세차게 부는 날이면 그는 자기도 모르게 약국 여자를 찾습니다. 죽음을 찾아 그 섬에 왔다고 생각했건만, 키요는 또 다시 욕망이 강렬하게 솟구치는 것을 느낍니다.

나는 이곳에 죽으러 왔다. …… 죽음을 향하는 길을 찾기
위해 이곳에 왔는데, 그런데, 삶이 나를 다시 붙잡는다.
내 나이에 그럴 수 있으리라고는 생각지 않았다. 다시는
기적을 기대하지 않았다.
그러나 바람이 세차게 불고 문과 창문 틈 사이로 푹풍우가
몰아치는 밤이면, 나는 어김없이 하얀 커튼을 젖히고 어둠
속에서 벌거벗고 있는 여인의 몸을 찾는다.

희미한 등불이 켜져 있고 약병과 샴푸통이 쌓여 있는 약국 골방에서 그들은 격렬한 사랑을 나눕니다. 사실 이 여자와의 정신

적인 교감은 전무합니다. 서로에 대해 아무 것도 모른 채, 그들 사이에는 오로지 육체의 교환만 존재합니다. 에로스 자체입니다. 폭풍우가 몰아치는 밤이 주는 죽음의 이미지 타나토스와 성욕을 상징하는 삶의 이미지 에로스는 이렇게 격렬하게 만납니다. 준과의 정신적 교감을 통해 새로운 삶에 대한 희망을 얻었다면, 약국 여자와의 사랑의 행위는 그 희망을 완성시켜주는 것이라 할 수 있습니다.

그런데 준이 그 장면을 목격합니다. 보아서는 안 될 것을 보고 말았던 것이지요. 아무 것도 모르는 어린 소녀의 눈에 비친 두 남녀의 정사장면이 그려집니다. 아이는 그 자리를 떠나려 하지만 알 수 없는 어떤 힘에 이끌려 열쇠구멍에 눈을 바싹 갖다 대고 그 광경을 바라봅니다. 그러다가 어떻게 떠났는지도 모르게 그곳을 떠나 바닷가를 배회합니다. 마침내 그녀는 메리 송을 상징하는 꿈속의 소녀를 만나기 위해 바다로 들어갑니다.

그 사건 이후로 결국 키요는 섬에서 쫓겨나다시피 합니다. 하지만 그의 발걸음은 무겁지 않습니다. 13살짜리 소녀 덕분에 다시 태어난 그는 이제 새로운 삶과 마주할 준비가 되었으니까요.

이 섬을 지나가는 폭풍우는 내 가슴속에 담겨 있던
모든 회한을 다 비워버렸다. 나는 가벼워지는 것 같았다.

휘파람을 불고 있는 나를 보고 놀라기까지 했다.
…… 나는 아무런 후회도 없이 이곳을 떠난다. …… 이제
더는 세상살이에서의 권태를 달랠 필요가 없다. 이제 나는
자유다. 물론 나는 그리 젊지도 원기 왕성하지도 않다.
하지만 나는 내 자리를, 그게 어떤 자리건 내 자리를 차지할
준비가 되었다.

한편 외국인 중년 남자에게서 아버지를 찾았던 준은 그와의
이별을 통해 유년기를 끝내고 새로운 삶을 찾아 섬을 떠납니다.
준이 더 이상 어린아이가 아니라는 것은 커피로 상징됩니다. 어
느 바람이 부는 날 바닷가 텐트 속에서 마신 쓴 맛의 커피 말입니
다. 그 이후 준은 탄산수가 아닌 커피를 마십니다. 이제 인생의 쓴
맛을 알게 된 것이죠. 메리도 떠났고 준도 떠납니다. 여성들은 다
떠납니다. 그러나 메리가 절망이라면 준은 희망을 이야기하고 있
습니다.

시적이고 서정적인 언어로 자연과의 합일을 노래하다

르 클레지오가 그린 서울은……

제주에 대한 애정을 가지고 쓴 소설이『폭풍우』라면『빛나 – 서울 하늘 아래』에는 서울이 담겨 있습니다. 르 클레지오는 서울을 매우 흥미로운 도시로 생각했습니다. 전통과 현대의 공존, IT의 편리함, 그리고 무엇보다도 사람들의 '정'을 찬미하곤 했습니다. 그는 시내중심 번화가 뒤에 숨은 좁은 뒷골목과 돌담길, 도심에 위치한 아담한 사찰들, 시내 한복판에 쉼터를 제공하는 나지막한 야산들, 복잡한 도시 한복판의 한적한 언덕길, 북한산과 그 산자락에 자리한 작은 카페들을 좋아했습니다. 그는 늘 서울을 무대로 하는 소설을 한번 쓰겠노라 말하곤 했지요.

그리하여『빛나 – 서울 하늘 아래』가 탄생합니다. 이 소설의 주인공은 불굴의 의지로 어려운 환경에 의연히 맞서는 '빛나'라는 이름의 젊은 여성이에요. 전라도 어촌 출신의 가난한 대학생이죠. 서울의 친척집에서 받는 설움, 신촌 달동네 지하방에서 쥐와 벌이는 사투, 라면과 김치만 먹고 버티는 지긋지긋한 가난, 그러나 남자친구에게는 아버지가 공무원이고 엄마는 고등학교 선생님이라 거짓말합니다. 그것은 서울이라는 대도시에서 가난한 대학생이 겪는 팍팍한 현실입니다.

우연한 기회에 그녀는 복합부위통증증후군을 앓고 있는 40세의 여인 살로메에게 이야기를 들려주는 아르바이트를 하게 됩니다. 살로메의 부모는 불치의 병으로부터 도피하고자 막대한 재산을 딸에게 남겨둔 채 자살해버렸습니다. 그리고 살로메 역시 죽음을 기다립니다. 휠체어에 앉아 집안에 갇혀 있는 살로메는 빛나의 이야기를 따라 상상의 여행을 떠납니다. 이야기를 들으면서 살로메는 분노에 떨기도 하고 그리움의 감정을 느끼기도 합니다. 죽음을 앞두고 이야기에 목말라하는 살로메의 모습에서 우리는 삶에 대한 애착과 생명의 소중함을 느끼게 됩니다. 르 클레지오 소설에는 종종 삶과 죽음의 격렬한 만남이 존재합니다. 빛나가 살로메에게 해주는 이야기들에서도 삶과 죽음은 교차합니다.

이 소설에서 르 클레지오는 빛나의 상상 여행을 통해 서울의 구석구석을 그려냅니다. 신촌과 이대입구의 골목길, 강남의 서래마을, 과천의 동물원, 오류동, 용산, 홍대, 당산동, 충무로, 종로, 명동, 영등포, 여의도, 인사동, 안국동, 경복궁, 창덕궁, 청계천, 북악산, 남산, 잠실, 한강……. 작가의 시선은 서울의 구석구석을 파고듭니다. 그가 다닌 동네들, 그가 만난 사람들, 그가 들은 이야기들, 그 모든 것들은 작품 안에 녹아들지요. 작가는 놀라운 통찰력을 가지고 한국인의 정신과 감수성을 표현합니다.

『빛나』에는 총 다섯 편의 이야기가 담겨 있습니다. 첫 번째 이야기는 조한수 씨의 이야기입니다. 그는 비둘기를 키웁니다. 언젠가 그 비둘기들을 고향인 북녘 땅에 날려 보내 가족들에게 소식을 전하기 위해서지요. 조한수 씨의 이야기를 통해 작가는 고향을 떠난 한 남자의 향수와 더불어 분단국가의 아픔을 노래하고 있습니다. 남북관계의 중요성이 그 어느 때보다도 부각되는 지금, 조한수 씨의 이야기는 더욱 큰 의미를 부여합니다.

두 번째 이야기는 조한수 씨가 근무하는 아파트의 동네 미장원에 들어온 고양이 키티 이야기입니다. 환생한 고양이로 추정되는 키티가 전하는 메시지 덕분에 생활고에 시달려 자살하려던 여인은 동네 사람들의 도움으로 새로운 삶을 찾게 됩니다. 삭막한 도시에 남아있는 이웃 간의 정을 표현한 것이지요. 환생을 주제로 하는 이 일화에서 독자들은 불교에 대한 작가의 관심과 애정을 엿볼 수 있습니다.

세 번째 이야기에는 아이돌 여가수 나비의 이야기가 담겨 있습니다. 어릴 때 목사로부터 성폭행을 당하고, 가수가 된 후에도 남자에게 이용만 당하다가 결국 무일푼으로 자살해버리는 고통스럽고 슬픈 이야기입니다.

네 번째 이야기는 스토커의 일화를 통해 젊은 여성들이 대도시에서 느끼는 공포를 그려내고 있습니다. 그리고 마지막 이야기, 고아원에 사는 나오미의 이야기는 버려진 아이들에 대한 어른들의 무책임함에 대한 통렬한 비판입니다.

죽음은 이 소설의 가장 큰 주제입니다. 아이돌 가수 나비도 나오미가 소중하게 키우던 새 오제이도, 그리고 살로메도 죽습니다. 그러나 빛나는 절망하지 않습니다. 서울의 하늘 밑을 걸으며 빛나는 미래의 희망을 이야기합니다.

그런데 빛나가 하는 이야기들은 서로서로 연결됩니다. 아무 관계도 없는 사람들이 언젠가는 만나 인연을 맺듯이 말이죠. 작가는 말합니다.

각각의 이야기는 서로서로 연결된다. 지하철 같은 칸에 탔던 사람들이 언젠가는 서울이라는 대도시 어디에선가 다시 만날 운명이라는 사실은 의심의 여지가 없는 것처럼 말이다.

『빛나』를 읽으면서 저는 1963년에 발표한 그의 첫 작품 『조서』를 떠올렸습니다. 글쓰기 방식이나 주제의식은 많이 다르지만, 『조서』 역시 파리라는 삭막한 대도시에 사는 한 젊은이의 실존적 문제를 제기하고 있기 때문입니다. 하지만 『조서』라는 소설이 대도시에서의 소외를 차갑고 어둡게 그리고 있는 반면, 『빛나』에서는 대도시 한 가운데 존재하는 이웃 간의 따뜻한 인간애가 표현됩니다. 문체 역시 훨씬 정겹고 소박하고 투명합니다. 작가가

시적이고 서정적인 언어로 자연과의 합일을 노래하다

항상 특별하게 생각했던 한국인 특유의 '정'을 말하고 싶었던 것이겠지요.

　대부분의 르 클레지오 소설들이 그렇듯이『빛나』도 무척 슬픕니다. 그러나 작가는 무겁지 않은 리듬의 아름답고 서정적인 문장으로도 슬픈 이야기를 전합니다. 바로 그것이 르 클레지오의 놀라운 점이 아닐까요?¶

르 클레지오의 문학세계 그리고 한국

장 마리 귀스타브 르 클레지오

J.M.G. Le Clézio

1940~

살아있는 신화라 불리는 장 마리 귀스타브 르 클레지오는
1940년 4월 13일 프랑스 니스에서 태어났다. 그는 18세기 말
경 프랑스 브르타뉴에서 모리셔스 섬으로 이민 간 조상의 후
예이며, 프랑스와 모리셔스 이중국적을 가지고 있다. 브리스
톨 대학교와 니스 대학교에서 수학했고, 엑상프로방스 대학
교에서 앙리 미쇼 연구로 석사학위를, 페르피냥 대학교에서
멕시코 역사 연구로 박사학위를 취득했다.

1963년 스물셋의 나이에 첫 소설 『조서』가 프랑스의 권
위 있는 문학상인 르노도상을 받음으로써 르 클레지오는 일
약 문학계 스타로 떠올랐다. 『조서』 이후 그는 계속해서 『열병』
(1965), 『홍수』(1966), 『사랑의 대지』(1967) 등을 발표하면서 물질
문명에 대한 실존적 문제를 제기하는 동시에 인간성의 진실
을 섬뜩할 정도로 치밀한 언어로 그려냈다. 군복무를 위한
2년간의 멕시코 생활은 그로 하여금 남아메리카 문명에 눈
뜨게 했다. 그 후 1970년부터 4년간 파나마의 인디언들과 함

께 생활하였고, 그것을 계기로 그의 작품세계는 일대 전환기를 맞이한다. 물질문명이 지배하는 현대사회에 대한 냉철한 비판은 신화적이고 몽상적인 서사로, 지적이고 형이상학적인 글쓰기는 시적이고 서정적인 글쓰기로 바뀐다. 한편, 40대 중반에 들어서면서 르 클레지오는 자전적인 작품을 연달아 발표한다. 『오니샤』(1991), 『아프리카인』(2004) 등 자신의 유년기 이야기뿐 아니라, 『황금을 찾는 사람들』(1985), 「로드리게스로의 여행」(1986), 「검역」(1995), 『혁명』(2003), 『허기의 간주곡』(2008) 등 부모들의 이야기, 조상들의 이야기가 펼쳐진다.

한국과의 인연은 2001년부터 지속적으로 이어지고 있다. 그는 제주 우도의 해녀들에게 바친 『폭풍우』(2014), 서울을 무대로 한 『빛나 – 서울 하늘 아래』(2017) 등 한국을 소재로 한 소설들을 발표하였다.

사막

Désert

1980

1980년에 발표한 『사막』은 르 클레지오에게 있어 하나의 전
환점이 되는 소설로서, 작품성과 대중성을 동시에 획득한
작품이다. 『사막』에서는 두 개의 이야기가 교차된다. 하나는
1910년에서 1912년 사이의 모로코를 배경으로 한다. 프랑스
의 모로코 침략에 저항했던 부족의 이야기가 누르라는 어린
소년에 의해 그려지고 있다. 또 하나는 모로코 소녀 랄라의
이야기로, 20세기 중반을 배경으로 한다.

소설은 프랑스군에 쫓겨 유랑을 떠나는 청색인간들의
이야기로 시작된다. 갈증, 기아, 피로로 인해 길에서 죽어가
지만 그들은 물 눈동자라 불리는 부족장을 따라 신의 축복
에 의지한 채 하염없이 길을 떠난다. 서구 침략에 대한 통렬
한 비판과 더불어 유목민들의 자연친화적이고 정신적인 삶
이 시적으로 아름답게 묘사된다. 보다 길게 전개되는 두 번
째 이야기는 모로코 탕헤르의 외곽 빈민촌에 사는 고아 소
녀 랄라의 이야기다. 그녀는 사구에 올라 바다를 바라보는

것을 좋아하고, 목동들이 다니는 평원에 오르는 것도 좋아
한다. 그곳에서 그녀는 벙어리 목동 소년 하르타니를 만나
고, 그녀가 에스 세르 비밀이라는 뜻 라 부르는 푸른 투사의 목소
리를 듣는다. 강제 결혼을 피해 하르타니와 함께 사막으로
도망갔던 랄라는 적십자사에 의해 구출되어 마르세유로 보
내진다. 그곳에서 호텔 청소부로 일하던 중 사진작가의 눈에
들어 잡지 표지모델이 된 그녀는 일약 세계적인 스타가 된다.
그러나 랄라는 도시의 물질문명과 부귀영화를 거부한 채 다
시 지중해를 건너 사막으로 돌아온다. 그곳에서 그녀는 자
신의 엄마가 그랬듯이 무화과나무 밑에서 홀로 하르타니의
아이를 출산한다.

송기정

서울에서 태어났다. 이화여자대학교를 졸업하고 파리제3
대학교 신소르본대학교 에서 문학 석·박사 학위를 취득했다. 현
재 이화여자대학교 불어불문학과 교수로 재직 중이다. 문
학과 정신분석, 문학과 역사의 상관관계를 연구했다. 최근
에는 프랑스의 풍속역사가 발자크를 집중적으로 연구하면
서『발자크와 19세기』를 집필 중에 있다. 지은 책으로『광기,
본성인가 마성인가 - 종횡으로 읽는 광기 문학 서설』,『스크
린 위의 소설들』,『신화적 상상력과 문화』(공저),『역사의 글
쓰기』(공저) 등이 있고, 옮긴 책으로는 발자크의『루이 랑베
르』,『13인당 이야기』, 콜레트의『여명』, 르 클레지오의『폭
풍우』,『빛나 - 서울 하늘 아래』등이 있다.

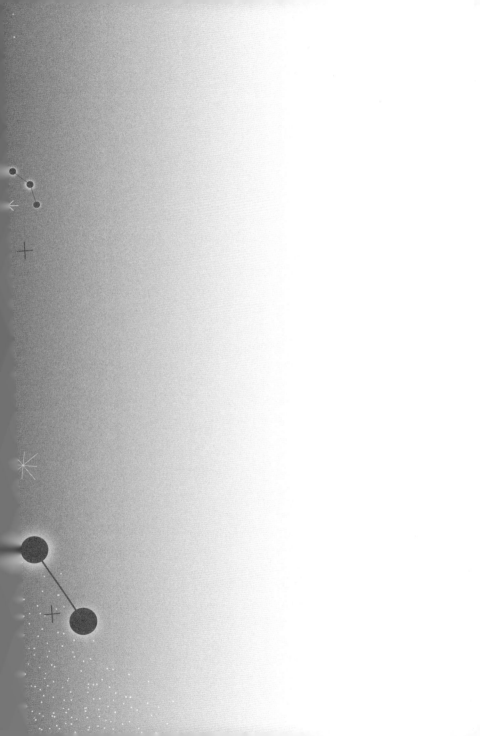

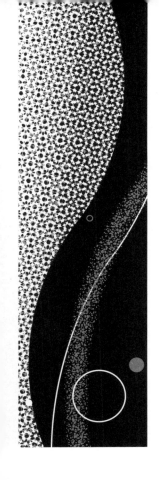

양극이
하나가 된다

헤르만 헤세의 생애와
문학정신

이인웅

안개 속에서 Im Nebel

야릇하구나, 안개 속을 헤매는 것은!

Seltsam, im Nebel zu wandern!

숲과 돌은 모두 외롭고

Einsam ist jeder Busch und Stein

나무들은 서로를 보지 못해

Kein Baum sieht den andern,

모두가 다 홀로이어라.

Jeder ist allein.

내 인생이 아직 밝았을 때엔

Voll von Freunden war mir die Welt,

세상은 친구들로 가득했었는데,

Als noch mein Leben licht war;

그러나 이제 안개가 내리고 나니

Nun, da der Nebel fällt,

그 누구 한 사람 보이지 않는구나.

Ist keiner mehr sichtbar.

모두로부터 하나도 빼놓지 않고

Wahrlich, keiner ist weise,

조용히 사람을 격리시키는

Der nicht das Dunkel kennt,

어두움을 전혀 알지 못하는 자,

Das unentrinnbar und leise

그 사람은 진정 현명치 못하리니.

Von allen ihn trennt.

야릇하여라, 안개 속을 헤매는 것은!

Seltsam, im Nebel zu wandern!

인생이란 외로운 존재,

Leben ist Einsamsein.

누구 한 사람 타인을 알지 못하나니

Kein Mensch kennt den andern,

인간은 모두가 홀로이어라.

Jeder ist allein!

외로이 고뇌하며 살아가던 스물아홉의 헤세가 쓴 「안개 속에서」란 서정시로 시작해 보았습니다. 누구나 즐겨 낭송하는 이 시에서 헤세는 우리 모든 인간의 고독한 삶을 그리고 있습니다. 간단하면서도 마음을 두드리는 이 시구가 말해주듯이 세상에 홀로 던져진 우리 인간은 모두가 끝없이 방황하고 고민합니다. 짙은 안개 속에서 서로를 보지 못하고 이리저리 비틀거리지요. 그래도 내 인생이 아직 밝았을 때엔 희망찬 꿈에 부풀어 떠들어대기도 하고 웃어대기도 했습니다. 그러면서도 때로는 처절한 비탄에 젖어 울기도 하고 끝없는 절망에 빠지기도 했지요. 오만하게 세상을 경멸하는가 하면, 무한한 비애와 굴욕감으로 처참해지기도 합니다. 자신의 정열에 불타오르며 미래에 대한 기대와 절망, 부모에 대한 존경과 반항, 친구에 대한 기대와 실망, 이름 없는 애인에 대한 연민과 고민, 신에 대한 믿음과 끝없는 회의를 가지기도 합니다. 그러나 사람들은 서로를 알지 못하고 짙은 안개 속을 헤매듯 모두가 홀로이며 외로운 존재입니다. 헤르만 헤세의 일생이 그러했습니다. 그랬기에 그는 진정한 나를 찾아가기 위해 쓸쓸히 고뇌하는 사람들을 위해 글을 쓰는 작가가 된지도 모릅니다. 누구보다도 많이 방황하며 수많은 밤들을 뜬눈으로 지새웠습니다. 자신이 겪었던 온갖 슬픔과 갈등을 회상하며, 참된 나를 발견하기 위해 외로이 투쟁하는 사람들을 위해 진정어린 충고를 해주고 있습니다. 작품을 통해서 말이지요.

현대인들의 정신적 사부

헤세는 누구보다도 먼저 부조리에 뒤덮인 현대문명을 부정하는 히피들에 의해 그들의 사도使徒로 숭배되었습니다. 그러면서부터 세계적 관심을 끌며 독일어권에 한정되지 않는 놀랄만한 르네상스를 맞이했지요. 히피들 사이에서 '성聖 헤세' 운동이 일어나면서 미국의 대학 주변에는 헤세 작품의 이름을 빌린 학생술집이 무수히 생겨났습니다. '마술 극장집', '데미안 지하술집', '싯다르타 주점' 등이 그것인데요. 헤세 작품의 제목을 붙인 커피숍에 가면 '유리알 유희'라는 의류점에서 산 옷을 입은 젊은이들이 몰려있는 식입니다. 그곳에서 그들은 도취시키는 듯한 록음악, '황야의 이리'라는 곡에 귀를 기울입니다. 1950~60년대의 헤세 문화란 부모님이나 선생님들이 침범해 들어갈 수 없는 젊은이들만의 문화라 할 수 있었지요.

소위 후기 현대인들이라는 젊은이들의 성경책이 된 『황야의 이리』와 『싯다르타』는 영화로 상영되기도 했습니다. 오늘날까지 헤세라는 작가의 이름이 붙은 책이 1억 6천만 권 이상 팔려나갔습니다. 그중에서 독일어로 된 책이 6분의 1정도라니, 다른 나라의 독자들이 얼마만큼 그의 글을 즐겨 읽는가 짐작할 수 있습니다. 「안개 속에서」나 「구름」과 같은 글들은 각 나라 대학에서는 물론 중고등학교 수업에서까지 사용됩니다. 그러나 의무적 교과목 교육에 대한 거부감 등으로 인해 그렇게나 거세던 헤세 열풍도 차츰 가라앉았습니다.

그렇지만 그는 계속해 전쟁을 반대하고 시대의 병과 위기를 고발합니다. 그리고 현대인들에게 '내면으로의 길Weg nach Innen'을 통한 새로운 생활감정을 추구하도록 노력했죠. 헤세는 '우리 현대인들의 가장 위대한 정신적 사부' 또는 '현시대에 영향력이 가장 큰 작가'로 일컬어집니다. 노벨문학상을 수상함으로써 작가로서 가장 큰 영광을 얻기도 했습니다. 그러나 현대인들의 정신적

지주가 되었던 헤세의 인생 여정은 결코 안이하거나 평탄했다고 는 말할 수 없습니다. 오히려 가난과 병, 고독과 절망, 위기와 시 련, 좌절과 배반, 실패와 자살충동 등으로 고통이 가득했다고 하 는 편이 옳을 것 같습니다.

전생과 혈통

헤르만 헤세는 1877년 7월 2일 따스한 저녁시간에 남부 독일의 아름다운 나골드 강변에 있는 작은 도시 칼브에서 태어났습니다. 그러나 그는 자기 영혼의 전생, 즉 이 세상에 태어나기 이전의 본향本鄕이 저 멀리 인도와 중국 사이에 있는 히말라야 산중이라 는 느낌을 지니고 있었습니다. 이러한 예감을 입증하는 에피소 드가 있습니다. 언젠가 헤세를 전혀 알지 못하는 프랑스의 여자 예언가가 그를 관찰하고는 이렇게 말했다고 합니다. "당신은 유 럽에서는 이방인이지요. 전생에 당신은 히말라야 산중에 사는 은둔자였습니다. 뾰족뾰족한 암벽들 사이에서 고독한 삶을 살며 예쁜 꽃들이 피어 있는 푸른 목장을 좋아했어요."

  헤르만 헤세의 혈통을 간단히 살펴봅시다. 할아버지 카를 헤 르만 헤세 박사는 독일인으로 러시아 국적을 소유하고 있었고,

에스토니아에서 의사로 활동했습니다. 아버지 요한네스 헤세는 러시아에서 태어나 그곳에서 자라났습니다. 그러다 잠시 인도로 건너가 선교사 생활을 합니다. 그 후 독일로 와서 칼브의 출판협회장이 됩니다. 그는 일생동안 인도와 중국의 철학 및 정신세계에 몰두하며, 『진리의 증인 노자老子』라는 책도 저술했습니다. 이런 영향을 받아 아들 헤르만 헤세는 동양, 특히 중국의 지혜에 심취하게 됩니다.

어머니 마리 군데르트는 인도에서 선교사 생활을 하던 저명한 인도어문학자 헤르만 군데르트 박사의 딸이었습니다. 동인도에서 태어나 그곳에서 교육을 받으며 자랐지요. 특히 외할아버지 군데르트 박사는 작가 헤세에게 인도의 지혜를 전하고 사상 연구에 지대한 영향을 준 사람입니다. 결국 헤르만이라는 이름은 선교 사업을 함으로써 결합하게 된 헤세가家와 군데르트가의 두 할아버지 이름을 이어받은 것입니다. 이렇게 양친의 선조들로부터 이미 동양적·서양적 인자를 물려받은 헤르만 헤세는 어릴 때부터 서양의 문물과 더불어 이국적인 분위기 속에서 자라났습니다. 교양이 높았던 양친의 집안은 성경에 담긴 서양정신은 물론 불경과 역경易經, 논어와 도덕경을 비롯한 동양정신에도 심취해 있었습니다. 옷이며 그릇, 우상偶像의 그림 등 수많은 이국적 문화재로 둘러싸여 자라난 것이죠. 그렇기에 헤세는 훗날 인도와 중국의 현인들과 만나게 된 것을 '재회'나 '귀향'으로 느꼈다고 고백합니다.

방황과 고뇌의 일생

내면과 외면에 이국적 요소를 지닌 헤세는 스위스 바젤에서 어린 시절을 지냅니다. 그 후 다시 독일로 돌아와 목회자의 길을 가기 위해 마울브론 신학교에 입학합니다. 처음에는 별 어려움 없이 그 생활에 적응했습니다. 그러나 7개월이 지날 무렵 그는 그곳을 탈출해버리고 맙니다. "시인이 아니면 아무것도 되고 싶지 않았기"때문입니다. 정신이상으로 간주 받아 치료를 받기까지 했습니다. 사춘기 시절 한번은 연상의 여인에 대한 사랑에 빠져 그 고민으로 자살을 시도하기도 했습니다. 김나지움인문계중고등학교에 입학하지만, 우울증과 자살에 대한 생각을 떨쳐버리지 못했지요. 그는 지속적인 두통을 앓으며 술집을 전전합니다. 결국은 학업을 포기하고 서점 점원으로, 탑시계공장 견습공 등으로 생활전선에 뛰어듭니다. 불안과 절망 속에 소년시절을 보낸 것입니다. 그러다 튀빙겐과 바젤에서 다시 서적분류 조수로 일하면서 어느 정도 안정을 찾습니다. 괴테와 독일낭만주의를 중심으로 한 문학사와 정신사를 탐독하는 동시에 처음으로 시와 소설을 쓰기 시작했습니다.

뒤빙겐에 체류하는 동안 헤세는 문학잡지에 서정시들을 발표합니다. 시집과 산문집을 자비로 출판하지만, 이로 인해 경제적인 곤란을 겪게 됩니다. 1904년에야 교양소설 『페터 카멘친트』를 출판하면서 작가로서 명성을 얻으며, 경제적으로도 어느 정도 어려움을 모면하게 됩니다.

그는 사랑이 가득하고 따스한 모정을 갈망하는 사람이었습니다. 그러나 어머니는 그를 인간의 자식이 아니라 '신의 자식'으로 간주하며, 종교적 관점에서만 기계적으로 받아들였지요. 헤세는 훗날 다정한 어머니를 그리워하는 모성 콤플렉스 때문인지 9살 연상의 여인 마리아 베르누이와 결혼합니다. 그리고 보덴 호숫가의 조용한 시골마을 가이엔호펜으로 거처를 옮기고, 자연과 더불어 작가로서 비교적 안정된 생활을 시작합니다. 그러나 마음의 안정을 얻지 못하여 1911년에는 어머니의 고향인 동방의 나라 인도로 여행을 떠납니다. "생명의 원천으로 되돌아가기 위한" 여행이었으나, 그는 동경하고 갈구했던 마음의 평화도 인도의 정신도 발견하지 못했습니다. 오히려 현대화해가는 인도로부터 많은 실망만을 느끼고, 몸도 마음도 지쳐버린 채 그 해 12월 유럽으로 되돌아옵니다.

그 후 스위스의 베른 근교로 이사하여 창작활동을 계속하는 중에 제1차 세계대전이 일어납니다. 전쟁 동안에는 포로들을 위한 사회사업에 참여하는 한편, 사랑과 평화를 주장하며 프랑스 작가 로맹 롤랑 등과 함께 반전反戰 문학운동을 전개합니다. 정치적, 군사적 사건으로 온갖 분노와 근심에 휩싸인 작가는 자신의 인생이 거의 파탄에 이르렀다고 느꼈습니다. 또한 갑작스런 아버지의 죽음, 사랑하는 막내아들의 투병, 부인의 정신질환과 요양병원 입원치료 등으로 경제적으로도 파탄 지경이었습니다. 정신적 육체적으로 강하지 못한 그 자신도 정신치료를 받게 되지요. 이러한 개인적 위기로 인해 헤세는 정신분석학자 카를 구스타프 융 박사, 정신과 의사 베른하르트 랑 박사 등의 정신분석과 긴밀히 접촉하게 됩니다. 그리고 이를 통해 자신의 갈등과 문제를 갈파하고 극복하기 시작했습니다. 이것이 신낭만주의적 경향이었던 그의 문학과 사상에 새로운 방향을 제시해 주었습니다. 그래서 『데미안』부터 시작해 새로운 문학정신이 깃든 작품을 쓰게 되지요.

전쟁이 끝난 후에도 헤세는 독일에서 환영받지 못하는 시민이요, 작가였습니다. 일부 신문들은 그를 절조 없는 인간 또는 조국의 배반자라고까지 낙인을 찍었습니다. 작가는 깊은 마음의 상처를 받지요. 나치의 집요한 추적을 견디지 못한 그는 1919년 5월에 결국 부인을 요양원으로 보내고, 자식들을 친구와 친척에게 맡기고서 스위스의 남부 루가노호수 근방에 있는 작은 마을 몬타 뇰라로 들어갑니다. 그 지방의 아름다운 자연에 묻혀 수채화를 그리면서 외로이 창작활동을 계속합니다. 그러나 다시금 심한 우울증에 빠져 정신과 치료를 받습니다. 불안에 떨며 이곳저곳을 방황하던 헤세는 1923년 여름 첫 부인 베르누이와 이혼을 합니다. 동시에 독일 국적을 포기하고 스위스 국적을 취득합니다. 그 이듬해 헤세는 47세의 나이로 20살 연하의 성악가 루트 뱅거와 두 번째 결혼을 합니다. 그러나 행복한 가정생활을 영위하지 못했습니다. 1년이 지나서 별거생활을 시작하게 되는데요. 1927년 봄 그는 부인의 청에 따라 법적 이혼을 합니다.

경제적으로 몹시 곤란했던 헤세는 자필로 쓴 동화와 시를 애호가들에게 팔았습니다. 돈을 벌기 위해 남부 독일의 여러 도시에서 자기 작품을 낭독하기도 했습니다. 극심한 우울증에 시달리던 때입니다. 그러다 작가의 탄생 50주년을 기념하여 후고 발의 저서 『헤르만 헤세, 그의 생애와 작품』이 출판되면서 그는 생의 권태와 육체적 허탈 상태를 극복하게 됩니다. 여기에는 유태계 예술사가 니논 돌빈이 크게 기여했습니다. 그녀는 헤세보다 18세 연하였고, 비엔나 출신이었습니다. 14세 때부터 헤세를 흠모하던 그녀는 몬타뇰라로 은신한 헤세와 꽤 오래 서신을 교환했습니다. 친아버지가 별세한 이후 1927년부터는 헤세와 동거생활을 하면서 작가를 아버지처럼 돌봐주었습니다. 1931년 11월, 54세의 헤세는 36세의 젊은 니논과 세 번째 결혼을 합니다. 특이한 점은 성생활을 배제한 결혼생활을 약속했다는 것이지요. 결혼식 후 부인은 이탈리아로 혼자 신혼여행을 다녀왔다고 합니다. 같이 있으나 따로인 결혼생활을 하면서 남은 평생을 헤세에게 헌신합니다. 그녀는 가사를 도맡고, 책을 읽어주고, 편지를 대신 써주고, 방문객을 통제하면서 거의 부모와 같은 돌봄으로 헤세를 지켜줍니다. 영리하고 이해심 많은 니논의 애정과 그녀 스스로 자처한 봉사를 헤세도 좋아했습니다. 그는 스위스 남쪽 지방의 아름다운 자연에 침잠하여, 시와 소설을 쓰고 수채화를 그리면서 만년의 안정을 찾습니다.

제2차 세계대전 동안에 헤세의 작품은 독일에서 원치 않는 문학이 되었습니다. 나치 관청이 헤세의 책을 인쇄할 수 없도록 막았습니다. 바로 종이 보급을 허락하지 않은 것입니다. 때문에 그의 작품들은 더 이상 독일에서 인쇄될 수가 없었습니다. 그래서 1942년부터는 취리히에 있는 출판사가 단행본으로 된 『헤세 전집』을 계속 펴냈습니다. 전쟁이 끝나면서부터는 다시 독일의 수르캄프 출판사에서 그의 책들이 나오게 되지만, 노년의 작가 활동은 그리 활발할 수가 없었습니다.

그러나 헤세는 사회적으로 여러 가지 상을 받고 갖가지 명예를 얻습니다. 괴테 문학상, 라베 문학상, 독일서적협회 평화상 등을 비롯하여 1946년에는 노벨문학상을 수상하지요. 베른대학교로부터는 명예박사학위를 받고, 고향인 칼브 시와 만년의 은거지 몬타뇰라에서는 명예시민이 됩니다. 그뿐만 아니라 그의 작품들이 세계적 선풍을 일으키며 현시대의 젊은이들을 열광시키자, 독일에서도 새로이 그 문학적 가치를 인정합니다. 다시금 독서와 연구의 대상이 된 것이지요. 진정한 자신을 찾으려는 현대인들에게 새 지평을 열어준 작가였습니다.

헤르만 헤세는 1962년 8월 9일 85세를 일기로 이 세상을 떠나게 되었습니다. 뇌출혈이었습니다. 안개 속을 헤매는 것 같은 인생 여정이었습니다. 고독과 고뇌에 찬 방황을 끝내고 이제 그는 몬타뇰라의 성 아본디오 묘지에 니논 부인과 나란히 잠들어 있습니다. 차가운 돌로 된 묘판에 새겨진 시인의 이름만이 우리 인간의 허망하고도 고독한 존재와 인생의 덧없음을 말해주고 있습니다.

『페터 카멘친트』와 『크눌프』, 자연과 신과 인간의 단일성

현실 생활에서는 물론 정신세계에 있어서도 헤세는 고뇌에 가득 찬 방랑을 합니다. 1904년 『페터 카멘친트』를 발표함으로써 일약

명성을 얻습니다. 이 성공적인 첫 번째 장편소설은 우리나라에서 『향수』라고도 번역되어 나왔지요.

소설은 감상적인 스위스 소년 페터의 이야기입니다. 그는 세상과는 멀리 떨어진 어느 시골에서 '자연의 한 조각'으로 자라납니다. 산과 호수, 폭풍과 태양과 별들, 무엇보다도 지칠 줄 모르고 창공을 떠다니는 구름에 몰두하며 자연과 더불어 살아갑니다. 이 모든 것이 천진스런 소년에겐 가까운 친구이며 다정한 누이가 되지요. 특히 그는 낭만적인 감성으로 구름 속에서 밝고 어두운 이중성과 함께 양극적 전일성全一性을 예감합니다. 수천 가지 자연의 소리를 그는 '신의 언어'로 여기며, 이를 인간의 언어보다 훨씬 더 잘 이해합니다. 그리고 페터 자신이 자연과 하나라고 느끼며, 자연 속에서 신과도 하나의 존재가 되는 것이죠.

페터의 마음속에 자기 혼자만 이해하는 자연의 소리를 문학으로 표현하고자 하는 동경이 솟구칩니다. 그래서 그는 세상과 문명에 참여하기 위해 고향을 떠납니다. 여러 해 동안 연구에 심취하고 창작에 몰두합니다. 그러나 학문에서는 어떤 안정이나 위안을 찾지 못합니다. 뿐만 아니라 현실세계와 사회로부터 버림받았다고 느끼며, 피로에 지친 채 세상을 방랑합니다. 외로운 방랑아 페터는 향수에 젖어 결국 그리운 고향으로 돌아옵니다. 소박한 고향 사람들과 어울리면서 그는 다시 조용한 시골에서 시를 씁니다. 자연의 소리, 또한 그 속에서 신의 소리를 들으며 외로운 주인공 페터는 다시금 조화로운 천국을 찾게 됩니다. 이 작품은 줄거리와 인물이 별로 없습니다. 산문으로 쓰인 서정시라 할 만큼 아름다운 소설이지요.

1915년에 발표된 『크눌프 생애의 세 가지 이야기』의 주인공도 비슷한 인물입니다. 크눌프는 자연에서 신의 목소리를 듣고 신의 한 조각이 됩니다. 아무런 근심 걱정 없이 자연과 신과 자아의 조화를 향유하며 사랑하는 세상을 두루두루 방랑합니다. 신이 깃들어 있는 자연에 귀를 기울이며 아름다운 시를 쓰고 노래를 부릅니다. 그러던 어느 날 그는 짙은 향수에 젖어 그리운 고향으로 돌아갑니다. 그리고 하늘 아래 눈 이불을 덮고 자연으로, 신에게로 돌아갑니다. 여기에도 자연과 신과 인간의 우주적 전일성이 낭만적 형태로 분명히 표현되어 있습니다.

『데미안』, 두개의 세계와 새로운 신 아브락사스

헤세는 동방으로 여행을 하며 동양의 지혜와 사상에 심취하였습니다. 다른 한편 제1차 세계대전이란 위기를 겪으면서 심각한 위기에 빠져들어 정신치료까지 받았죠. 그의 문학정신과 창작활동도 완전히 새로운 면모를 보이게 됩니다. 이에 대한 증거는 1919년에 에밀 싱클레어라는 필명으로 발표한 성장소설 『데미안』입니다. 이 작품에서 헤세는 밝고 어두운 두 개의 세계를 서술하는데, 이 두 세계는 하나의 단일성에 속합니다. 마치 태극太極에서 음과 양이 하나를 이루는 것과 같습니다. 이에 대한 상징으로 헤세는 『데미안』에서 악마이며 신인 아브락사스, 그리고 남녀와 어머니-애인의 요소를 한 몸에 지닌 에바 부인을 상정합니다.

주인공 싱클레어는 10살 때 벌써 인간생활의 이중성을 예감합니다. 그 하나는 도덕적이고 사랑에 가득 찬 양친의 밝은 세계이며, 다른 하나는 술에 취하고 유혹적이며 살인과 자살이 자행되는 골목의 어두운 세계입니다. 이 두 개의 세계가 사이좋게 교차하던 어린 시절에 주인공은 밝은 요소와 어두운 요소를 아무런 마찰 없이 함께 받아들였지요. 그러나 사과를 훔쳤다고 거짓말을 하면서 그는 프란츠 크로머라는 불량소년의 손아귀에 걸려듭니다. 그와 동시에 두 세계의 조화는 무너지고, 음산하고 두려운 세계가 그를 덮쳐옵니다. 크로머에게 도둑질과 거짓말을 하도록 떠밀리는 한편 어머니와 아버지로부터는 관용과 애정에 감싸이면서, 그는 공포에 찬 이중생활을 하게 됩니다. 이 불안한 생활에서 괴로워하는 주인공을 구해주는 것은 데미안입니다. 그는 카인의 표적은 저주의 표적이 아니라 선택된 강자들의 표적이라고 말합니다. 싱클레어에게 하나의 세계를 파괴하기를 충고하며 다른 하나의 세계를 열어준 것입니다. 즉 세계란 선과 악이 함께 일 때에야 비로소 하나가 되며, 두개의 세계를 똑같이 숭배하고 신성시할 것을 가르쳐줍니다.

새는 알에서 나오려고 싸운다.
알은 곧 세계이다.
태어나려고 하는 자는 하나의 세계를
파괴하지 않으면 안 된다.
그 새는 신을 향해 날아간다.
그 신의 이름은 아브락사스라 한다.

이렇게 『데미안』에서는 신적인 것과 악마적인 것을 포괄한 새로운 신이 창조됩니다. 그 이름은 아브락사스입니다. 아브락사스는 신인 동시에 악마이며, 남자인 동시에 여자입니다. 모든 대립적인 것을 동시에 창조하는 아브락사스는 인생의 모든 다양성을 하나로 합일시키는 새로운 신입니다. 그들은 이를 긍정하고 숭배하며 그에게 기도합니다. 이는 데미안이 밝은 세계와 어두운 세계 사이를 오가며 방황하는 싱클레어에게 보낸 충고의 메시지입니다. 동시에 작가 헤세가 우리 독자들에게 전하는 지혜이며 경고이기도 합니다. 우리는 보통 하나의 세계만을 알고, 그것만을 옳다고 믿으며 살아갑니다. 그러나 그 세계의 맞은 편에 또 다른 하나의 세계가 존재합니다. 이 다른 세계를 알고 그 세계도 옳다고 믿기 위해서는 이전의 세계와 싸워서 파괴시켜야만 하지요. 밝은 세계와 어두운 세계가 하나로 합쳐진 것이 진정한 세계이며, 이 대립적 요소가 하나를 이룬 세계가 바로 우리 인간과 전 우주의 원리라는 것입니다. 헤세는 바로 이런 아브락사스 신에게 귀의할 것을 계속해서 우리에게 설파하고 있습니다.

우리의 신은 아브락사스라고 합니다. 그는 신인 동시에 사탄이며, 자신 속에 밝은 세계와 어두운 세계를 지니고 있습니다. 아브락사스는 당신 생각의 어느 하나도, 당신 꿈 중의 어느 하나에도 결코 반대하지 않습니다. 그걸 잊지 마십시오.

주인공 싱클레어는 계속해서 이중적 사랑의 상像에 대한 꿈을 꿉니다. 여기에도 신적이고 악마적인 아브락사스는 생생하게 살아있지요. 환희와 전율을 느끼면서 그는 남자인 동시에 여자인 사랑의 상에 대해 꿈을 꾸거나 몽상을 합니다. 이 상像은 처음에는 옛날 애인 베아트리체와 같은 모습이었지만, 다음에는 영원한 친구 데미안이 되기도 합니다. 그러나 데미안보다는 훨씬 여성적이었지요. 또 어떤 때는 자기 어머니의 모습이 됩니다. "환희와 전율, 남자와 여자가 뒤섞여 있고, 가장 성스러운 것과 가장 잔혹한 것이 서로 엮어져 있었으며, 사랑스러운 천진난만함 속에 깊은 죄책감이 경련을 일으키고 있"었습니다.

이 어머니-애인에 대한 꿈들은 싱클레어를 한없이 불안하게 하는 동시에 무한한 행복을 느끼게 합니다. 강력히 유혹하면서 깊은 두려움을 느끼게 하는 사랑의 포옹으로 그를 끌어들이지요. 그 포옹은 "신에 대한 봉사"인 동시에 "범죄"가 됩니다. 그 때문에 그는 이런 사랑의 꿈으로부터 "때로는 깊은 행복감에 젖어서, 또 때로는 무시무시한 죄를 지을 때와도 같이 두려움과 양심의 가책을 느끼며" 깨어납니다. 그는 이 꿈속의 상을 어머니와 애인, 매음부와 창녀라 부르기도 하고, 또 어떤 때는 아브락사스라 이름 붙이기도 합니다. 원망하기도 하고, 그에게 기도를 올리기도 하지요. 이 사랑의 상을 몹시 동경하는 동시에 커다란 두려움을 가집니다.

데미안의 어머니 에바 부인에게서 싱클레어는 꿈속 애인의 실체적 모상母像을 발견합니다. 그의 눈에 비친 그녀는 "하나로 된 천사와 사탄, 남자와 여자이며, 인간인 동시에 동물이고, 최고의 선인 동시에 최고의 악"이었습니다. 에바는 어머니-애인의 모습으로 형상화된 또 하나의 새로운 신, 즉 남자와 여자가 합일된 인간 형상의 아브락사스입니다. 이 모습은 아름답고 유혹적이며, 선하고 악하며, 성스럽고 죄스럽습니다. 그러므로 싱클레어에게는 "악령이며 어머니가 되고, 운명이며 애인"이 되지요. 그는 그녀를 "어머니로, 애인으로, 여신으로" 사랑하고 그녀에게 기도드립니다. 동시에 우리를 이끌어가는 "영원히 여성적인 모습"을 그녀에게서 발견합니다. 그 때문에 에바의 인사는 오랜 세월 그리워하던 귀향이 되고, 그녀의 눈길은 고향의 단일성을 찾으려는 동경의 실현이 되는 것입니다. 모든 것이 그녀에게서는 좋은 것이 되고, 모든 것이 그녀에게서는 하나가 됩니다. 그러니까 에바 부인은 헤르만 헤세의 문학정신인 대립적 다양성의 합일ㅡ을 나타내는 또 하나의 시적 형상이라 할 수 있습니다.

젊은 싱클레어를 가르치고 인도하며 각성시켜 주는 데미안 역시 전일성을 상징하는 인물입니다. 그에게서는 세상의 모든 대립이 조화로운 단일성으로 나타납니다. 그렇기 때문에 그의 모습은 남자도 아니고 여자도 아니며, 어린이도 아니고 어른도 아니며, 젊지 않으나 늙지도 않은 채, 시간을 초월하여 수천 년이 된 것처럼 보입니다. 그는 짐승과도 같고 정령과도 같습니다. 하나의 그림, 하나의 나무 혹은 하나의 돌과도 같습니다. 그는 별들처럼 변화하고, 특별한 광채와 독자적인 대기에 에워싸여 있으며, 독자적인 법칙에 따라 살아가고 있었습니다. 그래서 싱클레어는 그를 태고적 신상神像에 비교하기도 합니다.

언젠가 싱클레어는 명상하는 데미안이 자신의 내면에 깊이 침잠한 상태에서 만유우주에 존재하는 모든 것가 하나라는 전일성全一性에 잠겨 있음을 감지합니다. 그래서 그는 살아가는 동안 처음부터 끝까지 데미안의 영향을 받습니다. 데미안은 내면적·외면적으로 작용하는 친구가 된 신적 존재이기 때문이지요. 전쟁이 일어나고 그들은 군인이 됩니다. 마지막으로 싱클레어가 전쟁터에 나가 보초를 서고 있을 때, 그의 머리 위에서 천둥을 치듯 세상이 무너져 내립니다. 그때 그는 비밀스런 에바 부인을 생각하고, 마음속 깊이 친구 데미안을 생각합니다. 야전병원 침상에서 싱클레어는 데미안이 전해주는 에바 부인의 키스를 받습니다. 이튿날 아침 싱클레어는 자신의 내면으로 내려가 친구이며 지도자인 데미안과 같아진 자신의 모습을 발견합니다.

『싯다르타』, 강물을 통한 전일성의 투시

정신분석과 더불어 헤세는 인도의 고전들을 접합니다. 그 자신이 직접 요가를 행할 뿐만 아니라 신의 노래라고 하는 『바가바드

기타』 등 인도의 고전에도 심취합니다. 그리고 『공자』와 『맹자』,
『열자列子』와 『여씨춘추』,『벽암록』과 『불경』,『시경』과 『역경』 등
중국의 고전들을 탐독합니다. 이를 통해 작가는 동양의 지혜를
받아들이고 '우주의 전체성에 대한 예감'을 갖게 됩니다. 그리고
마지막에는 "전체를 하나에서 하나를 전체에서"라는 동양적 전
일사상을 투시합니다. "모든 것이 하나"라는 문학정신을 작가는
무엇보다 물의 상징을 통해 표현하고 있습니다.

그 대표적 작품이 '인도의 시詩'라는 부제를 가진 성장소설
『싯다르타』인데요. 주인공 싯다르타는 바로 강물에서 전일사상
에 대한 각성을 하게 됩니다. 처음에 그는 홀로 자기 수양의 길을
갑니다. 첫 단계에서 인도의 금욕적인 정화 방법을 시도합니다.
고행을 하면서 육체적·정신적 고통의 극복을 통해 자신을 탈피
하고 자아를 파괴하려 했습니다. 온갖 감정과 육욕, 회상과 욕망
을 죽이고 자아를 벗어나 수만 가지 낯선 형태 속을 파고듭니다.
수천 번이나 동물 속에, 돌 속에, 무아無我 속에 머무르지요. 그러
나 무아의 경지에서 깨어날 때는 언제나 다시 자기 자아로, 싯다
르타로 돌아옵니다. 그가 여러 시간 여러 날 동안 무아 속에 머문
다 할지라도, 결코 자아로부터 벗어나거나 이 세상을 극복할 수
는 없었습니다. 그렇기에 고행의 여정에서 붓다를 만났을 때 그가
들려준 세상 극복에 대한 교훈에도 "하나의 작은 구멍이" 뚫려 있

다는 점을 인식합니다. 그리고 그의 곁을 떠나기로 결심합니다.

　싯다르타는 이제 자기 본질의 심오함을 경험하기 시작합니다. 즉 자기 자아로의 각성을 하는 것인데, 이는 바로 황홀경에 빠지는 듯한 인생으로의 각성입니다. 세상으로 향하는 노정에서 그는 풍만하게 부푼 유방에서 젖을 빠는 꿈을 꿈니다. 그런데 이 유방은 "여자와 남자, 태양과 숲, 동물과 꽃, 모든 과일 그리고 모든 환락의" 맛을 함께 지니고 있었습니다. 싯다르타는 이제 세상 한가운데에서 세상을 통해 달립니다. 고급 매춘부 카말라로부터 사랑의 유희와 기교를 배워 사랑의 대가가 됩니다. 온갖 부귀와 권력도 맛봅니다. 그는 삶이 제공할 수 있는 감각적 쾌락을 만끽합니다. 그러면서 끊임없이 반복되는 지상적 사건의 윤회에 깊이 말려들지요. 그럼에도 불구하고 싯다르타는 자신을 세상사에 완전히 내맡기지 못합니다. 언제나 자기 삶을 조종하는 깊은 생각과 기다림과 단식에 머무릅니다. 이것에도 저것에도 완전히 속하지 못하고 이중적으로 흔들거리는 삶을 영위하는 것입니다. 즉 그는 자연적이며 육욕적인 삶과 동시에 정신적이며 금욕적인 삶을 살아갑니다.

　그러던 어느 날 싯다르타는 마음속에서 울려오는 비밀스런 목소리를 듣습니다. "그대가 소명을 받은 길이 그대 앞에 놓여 있다. 여러 신들이 그대를 기다리고 있다"는 소리였습니다. 이 신비

한 소명을 따라 그는 하룻밤 사이에 사랑과 부와 권력 등 세상의 모든 것을 버리고, 죽음을 향한 동경에 사로잡힌 채 먼 강가로 나갑니다. 물속에 몸을 던져 죽으려는 순간 '완성'을 뜻하는 옴Om 소리를 듣습니다. 그리고 그 말을 조용히 되풀이하며 성스런 '옴'으로 잠입합니다. 이는 완성으로의 침잠이며 완전한 몰입입니다.

싯다르타는 나룻배 사공 바수데바에게서 강물에 귀를 기울이고 그 비밀을 이해하는 법을 배웁니다. 도사와도 같은 그의 가르침에 따라 주인공 싯다르타는 몇 날이고 몇 년이고 강물을 바라보며 거기에 귀를 기울입니다. 어디에서나 동일하게 영원히 서둘러 흘러가는 강물에 침잠합니다.

출렁이는 모든 물결과 강물은 괴로워하며 목적지를 향해 급히 흘러갔다. 폭포, 호수, 여울, 바다 등 수많은 목적지를 향하여. 그리고 이 목적지는 모두가 도달되었다. 하나의 목적지 다음에는 또 하나의 새로운 목적지가 나타났다. 그리고 물은 수증기가 되어 하늘로 올라갔다. 다시 비가 되어 하늘에서 내려와 샘물이 되고, 시냇물이 되고, 강물이 되었다. 이렇게 새로이 노력하며 새로이 흘러갔다.

싯다르타는 결국 그가 깊이 경청하는 물에서 "모든 목소리를" 듣습니다. 그에게 물은 더 이상 물이 아니라 "생명의 목소리, 존재하는 것과 영원히 생성하는 것의 목소리"가 되었습니다. 물에는 시간과 다양성이 지양됩니다. 어디에서나 물은 동일하며 동시적이니까요. 물은 영원히 존재하며 영원히 생성합니다. 물에서는 모든 대립 역시 지양되고, 모든 것이 함께 속하며, 모든 것이 하나가 됩니다. 그래서 싯다르타는 물에 귀를 기울이면서 물속에서 흘러나오는 수천 가지의 목소리로 이루어진 노래를 듣습니다. 그 노래는 하나의 전체로, 하나의 커다란 단일성으로 들려옵니다.

강물의 이 수많은 소리들이 오늘은 새롭게 울렸다.
벌써 그는 그 수많은 소리를 구분할 수 없었으니, 즐거운
소리를 울부짖는 소리로부터, 어린애 소리를 어른의
소리로부터 가려낼 수가 없었다. 동경에 가득 찬 비탄의
소리와 각성자의 웃음소리, 분노의 외침과 죽어가는 자의
신음소리, 이 모든 것은 하나이며, 모든 것이 수만 번이나
서로 얽히고 설키어 풀리지 않았다. 모든 소리, 모든 목적,
모든 동경, 모든 고통, 모든 욕망, 모든 선과 악, 이 모두가
함께 하나가 된 것이 세계이다. 이 모든 것이 함께여야
생성의 강물이며 생명의 음악이었다.

이렇게 물의 비밀을 인식함으로써 싯다르타는 방랑과 구도求道의 목적지에 도달합니다. 세계의 대립이 하나로 해결되는 전일 사상을 투시합니다. 그의 영혼이 만유 속에 살고 있듯이 열반과 현세적 윤회도 그의 각성한 영혼 속에 살고 있었습니다. 그의 자아가 전체적 단일로 흐르기 때문에 그의 얼굴은 "모든 현상, 모든 생성, 모든 존재의 무대"가 됩니다. 친구인 고빈다가 그의 이마에 키스하는 순간에 그의 얼굴에서 과거와 미래와 현재의 수만 가지 얼굴의 흐름을 보게 됩니다. 그것은 물고기와 잉어, 아이와 노인, 범죄자와 살인자, 남자와 여자, 감옥수와 시체, 동물과 새, 출생과 죽음, 붓다와 신들입니다. 성인聖人이 된 싯다르타에게는 정신과 자연, 사상과 육욕, 선과 악의 대립은 더 이상 존재하지 않으며 모든 것은 단일성의 한 극極으로서 똑같이 긍정되는 것입니다.

『유리알 유희』, 채색된 유리알의 상징

1943년 헤세는 『유리알 유희』를 발표하고, 이 장편으로 1946년 노벨문학상을 받습니다. 여기에서도 작가는 자신의 문학정신, 즉 생의 모든 대립적 다양성을 넘어선 조화로운 전일사상을 서술합니다. 이 장편의 주인공은 '하인'이라는 의미의 크네히트인데,

그의 영혼은 불교적 윤회 속에서 선사시대부터 미래 25세기에 이르기까지 다섯 번에 걸쳐 인간의 모습으로 환생합니다. 수천 년 전 선사시대의 '기우사祈雨師', 기원 후 4세기 초기 기독교 시대의 '고해신부', 18세기의 목회자로 조용한 오르간 연주자, 시간의 초월 속에 현현한 '인도 이력서'의 주인공 다사 하인이라는 뜻의 인도어 이름, 그리고 25세기 이상향에서 환생하는 유리알 유희의 명인 요세프 크네히트가 그들이지요.

그중에서도 다섯 번째인 '유희의 명인 요세프 크네히트의 전기'가 가장 중요한데, 이는 미래소설입니다. 25세기에 사는 어느 한 전기 작가 즉 헤르만 헤세가 200여 년 전에 살았던 전설적 유희 명인의 일대기를 쓴 것이 그 내용입니다.

크네히트의 영혼이 다섯 번째로 환생한 인생에서 헤세는 동양의 지혜에 대한 자신의 이상을 실현시키며 일종의 대리만족을 하고 있습니다. 왜냐하면 작품의 근본이념과 구성을 고대 중국의 지혜에서 받아들였고, 명인의 유리알 유희도 중국적 모티브들로 구성하고 있기 때문입니다. 주인공은 중국어와 『여씨춘추』의 음악 철학, 고대 가옥 건축술과 점서의 책 『역경』을 배워 통달합니다. 이 다섯 번째 유희 명인의 이력서에는 유교사상과 도교철학이 근본을 이룹니다. 그리고 명인의 인생과 유리알 유희는 5천 년의 역사를 지닌 "변화의 책" 『역경易經』의 64괘 체계에 따라 전개됩니다. 이를 통해 헤세는 양극적 전일사상이라는 자신의 문학정신을 표현합니다. 그러나 언제 어디에나 존재했고 존재하는 유희의 이념은 도道와 마찬가지로 형언할 수가 없었습니다. 그래서 독자들도 이 작품을 읽고 이해하기 쉽지 않았습니다. 그러나 노벨문학상 수상작이면서 헤세의 대표작이기에 이 미래의 이력서를 간단하게 설명하고자 합니다.

유리알 유희가 전개되는 광장은 정신적 교육주教育州 카스탈리아입니다. 카스탈리아는 스위스 산간 지방에 세워진 완전한 중립지대입니다. 이곳에서 생활하는 당대의 지성인과 영재들은 모든 생활 비용을 지원받으며 대신 철저한 금욕과 학예에의 몰두를 요구받지요. 바로 여기에서 유희 명인 요세프 크네히트의 운명이 펼쳐집니다. 카스탈리아는 자연적 인간세상과 대립하고 있습니다. 그러나 이 정신국의 비밀이란 카스탈리아와 세상, 정신과 자연을 자체에 내포하며 화해시키는 '유리알 유희'의 대제전입니다. 유리알 유희는 이곳의 수도사들이 즐기는 일종의 놀이입니다. 명인 크네히트는 "인간 내적" 유리알 유희를 연주하는 인물입니다. 그는 "모성적" 바깥 세상 출신이나 "부성적" 카스탈리아 사람으로 살아갈 소명을 받습니다. 그리고 전일성으로 향하는 길을 한 단계 한 단계 걸어갑니다. 그의 깊은 내면에서는 세상과 정신, 음과 양의 조화를 창조하기 위해 새로운 길을 모색해야만 한다고 느낍니다. 모성적 자연의 소리 즉 바깥 세상, 현실세계의 소리를 크네히트는 친구 플리니오 데시뇨리와의 논쟁에서 듣기 시작합니다. 두 사람은 처음부터 "일종의 공감적인 반감과 반감적인 공감을" 지니고 있습니다. 소박한 현실세계를 위해 논쟁하는 플리니오에 대항하여, 요세프는 카스탈리아 정신세계를 훌륭하게 변호합니다. 그러나 두 사람은 상대방의 태도와 논증에도 언제나 공감하지요.

그 결과 크네히트의 영혼에는 자연적 현실세계의 목소리가 생존하기 시작하고, 플리니오도 크네히트가 대변하는 정신계의 목소리를 받아들입니다. 그 후 플리니오는 세상으로 돌아가 자연인이 되고, 크네히트는 내면으로 옮겨진 정신의 유희를 홀로 계속합니다. 그는 '동아학원'과 '죽림'에서 고대 중국의 언어와 음악 철학, 역경의 점서법 등을 배웁니다. 동양의 정신세계를 연구하면서 그는 만유가 하나 되는 대립적 두 세계의 합일을 배웁니다. 도사道師인 노형老兄과 '노음악 명인'의 도가적이고 선불교적인 지도를 받으면서 영원히 변화하는 삶을 긍정하는 동양적 인생의 길을 갑니다.

크네히트는 이제 전체로서의 자신을 실현시키기 위해 정신으로만 존재하지 않고 자연이 되고자 합니다. 이 순간 옛 친구 플리니오가 교육주에 나타나 카스탈리아를 "절반의 세계"로 간주

합니다. 바깥 세상에 존재하는 세계 즉 악덕과 정열, 굶주림과 고뇌, 자식과 여자들이 있으며 사람들이 실제적 인생을 살아가는 자연세계를 이야기합니다. 그리고 그는 친구에게 세상과 카스탈리아 모두에서 교육되어야만 하는 자기 아들 티토의 가정교사가 되어달라고 부탁합니다. 크네히트는 기꺼이 이에 동의하지요. 그리고 자연적 현실세계로, 즉 세상으로 가는 즐거운 도보 여행길에 오릅니다.

마지막 전설적 사건에서는 세상으로 나간 주인공 크네히트의 종말이 서술되고 있습니다. 부성적인 정신국 출신으로 늙고 현명한 크네히트는 모성적인 세상 출신으로 젊고 버릇없는 고귀한 학생 티토와 마주합니다. 그러나 두 사람은 처음부터 무엇인가 공감적인 것을, 무엇인가 서로를 결부시키고 보충해주는 요소를 느낍니다. 그리하여 "대가와 학생 사이의 회전, 즉 지혜는 청춘을 구하고 청춘은 지혜를 구하면서 끊임없이 비약하는 유희, 노소老少나 주야晝夜나 음양으로 분리되어 끝없이 흐르고 있는 인생 자체의 유희가" 연주됩니다.

이 유희는 새벽, 해가 솟아오르는 밤과 낮의 중간 시점에, 산 위에 높이 놓여있으면서도 깊이 물이 괴어있는 산정호수에서 전개됩니다. 즉 음과 양의 양극이 하나로 합치된 시간과 장소에서 죽음과 탄생의 유희가 진행되는 것입니다. 헤엄치기 경쟁을 하면서 크네히트는 물속에 빠져 죽으며, 삶에 대한 마지막 봉사로서 티토를 새로이 탄생시킵니다. 그것은 "숨을 들이마시기와 내쉬기, 하늘과 땅, 음과 양의 변화 속에 영원히 성스러운 것이 완성되는" 일이었습니다. 이로써 크네히트의 인간 내적인 유리알 유희는 끝납니다. 그리고 그의 죽음을 통해 각성하며 새로이 탄생한 티토 데시뇨리가 이제 정신과 자연, 카스탈리아와 세상을 내면에 합일시키며 전일적 인생유희를 새로이 이어가게 됩니다.

인간 헤세와 그의 문학정신

세 살 때에 벌써 중국, 아프리카, 인도의 그림을 구분할 수 있었던 헤세는 서양의 신비적이며 기독교적인 경건주의에서 출발한 인물입니다. 그러면서도 그는 일생 동안 인도와 중국의 동양적 분위기와 그 사상 속에서 "정신적 고향"을 발견합니다. 운명적으로 그는 동양과 서양, 자연과 정신, 예술가와 사상가, 은둔자와 속세인, 모성과 부성 등 수많은 대립 사이에 흔들거리는 일생을 살아가는 것입니다. 그 때문에 자신의 흔들거리는 인생에서는 물론, 창작활동에 있어서도 모든 것을 양극 사이에 긴장시킵니다.

그러나 헤세는 일찍부터 고독한 인생길의 날카로운 대립을 극복할 수 있는 가능성을 예감하였습니다. 동양의 지혜를 접하면서 양극적 단일성에 대한 이념을 알게 되고 경험하기도 합니다. 그리고 이런 이념을 특히 『데미안』이후의 모든 작품에서 여러 가지 동양적 요소와 소재들, 동양적 인물과 모티브와 비유의 언어로 문학화했습니다. 그의 문학정신에서는 음과 양 혹은 선과 악이 긍정되고, 모든 것은 하나이며 똑같이 좋고 신성한 것이 됩니다. 바로 이 양극적 전일사상이라는 정신 속에서 헤세라는 인간과 인생의 운명적 균열도 조화를 이룰 수 있었던 것입니다.

헤르만 헤세는 진정한 자아를 찾기 위해 노력하는 "내면으로의 길"을 설파하고, 삶에 충실한 경건함을 강조하는 새로운 "종교"를 설교했습니다. 피안의 세계라든가 전지전능한 신에 대해 말하지 아니하고, 오로지 양극적으로 조화로운 전일적인 삶에서 계시를 받고 믿음을 얻는 것입니다. 헤세는 만유를 사랑하고 긍정하면서, 전 세계 모든 시대에 존재하는 정신들을 모두 자기 인생관과 세계관에 받아들였습니다. 그리고 삶의 온갖 대립과 모순을 포괄하는 조화로운 합일정신을 문학으로 창조하고자 노력했던 도인道人 같은 작가입니다. ¶

혜르만 헤세의 생애와 문학정신

헤르만 헤세
Hermann Hesse
1877~1962

1877년 7월 2일 독일 남부의 소도시 칼브에서 선교사인 아버지 요한네스와 선교사의 딸로 인도에서 성장한 어머니 마리 군데르트 사이에 장남으로 태어난다. 고향 칼브와 스위스의 바젤에서 유년기를 보낸다. 경건한 기독교 정신과 함께 동양적 분위기가 깃든 집안에서 성장한다. 다시 독일로 돌아와서는 라틴어학교를 다닌 후 부모의 뜻에 따라 목회자가 되기 위해 마울브론 신학교에 입학한다. 그러나 열세 살이 되던 해부터 그는 "시인이 아니면 아무것도 되고 싶지 않다"는 마음을 깨닫고 7개월 만에 신학교를 도망쳐 나온다. 김나지움 인문계 고등학교 에서도 적응하지 못하고 퇴교당한다. 서점에서 판매원 및 서적 분류 조수로 일하며 수많은 책을 읽고 글을 쓰기 시작한다.

1898년 낭만주의문학의 영향을 받은 첫 시집 『낭만의 노래』를 발표하고, 바젤로 이주한 다음 이탈리아 여행을 떠난다. 1904년 『페터 카멘친트』로 '비엔나농민상'을 수상하면서 명성을 얻고 자유 작가로 여러 신문과 잡지에 기고한다. 9년 연상의 피아니스트 마리아 베르누이와 결혼한 후 보덴호수 근교의 가이엔호펜으로 이사한다. 장편『수레바퀴 아래서』,『게르트루트』등을 발표하고 스위스 취리히, 독일, 오스트리아에서 강연을 한다. 1911년에는 인도 및 동남아를 여행하고, 다음 해에 베른 근교로 이주하여 동방여행기『인도여행』, 장편『로스할데』를 출간한다.

제1차 세계대전 당시에 독일전쟁 포로 후생사업소에 근무하며 전쟁기간 동안 각종 신문과 잡지에 반전反戰 기사와 논문, 경고의 호소문, 공개서한을 발표한다. 1916년 아버지의 사망, 부인의 정신분열증과 막내아들의 발병으로 충격을 받고 C.G.융과 그의 제자 B.랑 박사에게 정신의학적 치료를 받는다. 1919년에는 가족을 떠나 스위스 몬타뇰라에 있는 카무치 별장에 거주하며 수채화를 그리기 시작하고, 장편『데미안』을 익명으로 발표한다. 이로써 폰타네 문학상을 수상하게 되지만, 그 상은 신인을 위한 것이므로 자신의 정체를 밝힌 후 상을 돌려준다. 이어서 단편집『작은 정원』,『클링소어의 마지막 여름』, 시집『화가의 시』, 여행소설『방랑』, 동양적 소설『싯다르타. 인도의 시』를 발표한다.

1923년에 첫 번째 부인 베르누이와 이혼하고, 다음 해에는 스위스 국적을 다시 취득하며 24살 연하의 루트 벵거와 재혼한다. 1926년 프러시아 예술아카데미 회원으로 선출되며, 일찍부터 작가를 연모하던 예술사가 니논 돌빈과 사귀기 시작한다. 1927년 두 번째 부인 루트 벵거의 요청에 따라 이혼을 한다. 이후 히피들의 성서가 된 장편소설『황야의 이리』, 『나르치스와 골드문트』를 발표한다. 1931년 헌신적인 니논과 세 번째 결혼을 하면서 마음의 안정을 얻고, 친구인 화가 보드머가 지어준 로사 별장으로 이사한다.

나치즘와 유태인 박해를 강력히 반대하여 시대비판적 저작을 중단하라는 경고를 받기도 한다. 1934년에는 스위스 작가협회 회원이 되기도 하지만, 제2차 세계대전 중에 그의 작품은 독일에서 "원치 않는 문학"이 되고, 나치 관청은 책 출간을 허락지 않는다. 독일의 수르캄프 출판사와 협의하여 스위스 취리히에서『헤세 전집』을 계속 출간키로 하고, 1943년에 동양의 지혜가 충만한 만년의 대작『유리알 유희』를 발표한다. 이 작품으로 1946년 괴테문학상과 노벨문학상을 수상한다. 이후 헤세의 작품은 다시 독일에서 간행될 수 있게 된다. 1947년 베른대학교에서 명예박사 학위를 받고 고향 칼브의 명예시민이 된다. 브라운슈바이크 시의 빌헬름 라베 문학상, 독일서적협회 평화상을 수상하고 헤르만 헤세 문학상을 위한 재단이 설립되었으며, 몬타뇰라의 명예시민으로 추대되는 등 세계적 인정과 존경을 받는다. 헤세는 1962년 8월 9일 85세를 일기로 세상을 떠나며 이틀 후에 몬타뇰라의 성 아본디오 묘지에 안장된다.

데미안

Demian

1919

사춘기를 테마로 한 『데미안』의 젊은 주인공 싱클레어는 깊은 내면에 깃들어 있는 자기 자아를 찾아간다. 이는 동양사상 및 정신분석과 만난 작가의 예술적 결실로서 그가 걷는 각성의 길은 내면으로, 즉 자아로 통하는 것이다. "나는 정말 나 자신으로부터 저절로 우러나온 인생을 살기를 원했을 뿐이다. 그런데 그것이 왜 그다지도 어려웠던가?" 작품의 모토가 된 싱클레어의 이 고백은 전체 이야기의 근본 멜로디로 내면의 자아를 찾아가는 간절한 소망과 노력을 보여준다. "새는 알에서 나오려고 투쟁한다. 알은 곧 세계이다. 태어나려는 자는 하나의 세계를 파괴하지 않으면 안 된다." 이 경고는 싱클레어의 고민에 대한, 친구이며 지도자인 데미안의 회답이다. 자아성숙이란 틀에 박힌 하나의 세계를 파괴해야만 하는, 고통으로 가득 찬 고독 속에서 이루어지고 있다. 이렇게 멀고도 가까운 자기 운명으로서의 자아를 향한 끝없는 방랑이 작품을 구성한다. 그리고 주인공은 자신의 인도자

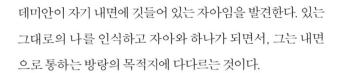

데미안이 자기 내면에 깃들어 있는 자아임을 발견한다. 있는 그대로의 나를 인식하고 자아와 하나가 되면서, 그는 내면으로 통하는 방랑의 목적지에 다다르는 것이다.

유리알 유희

Das Glasperlenspiel

1943

1943년 헤세는 동방순례자들에게 헌정하는 장편소설 『유리
알 유희』를 발표하고 노벨문학상을 받는다. '하인'이란 뜻의
이름을 가진 주인공 크네히트의 영혼이 우주계의 무한한 시
간과 공간을 통해 언제나 새로운 모습으로 윤회하여 인간으
로 살아가는 5개의 이력서들로 구성된 대작이다. 즉 선사시
대의 기우사祈雨師, 기원후 4세기의 고해신부, 18세기의 신학
자인 오르간 연주자, 초시간적 요가 수도자, 그리고 25세기
유리알 유희 명인의 인생사이다.

　다섯 번째 이력서 『유희의 명인 요세프 크네히트의 전
기』는 이상향적 미래소설이다. 25세기에 사는 한 전기 작가
가 200여 년 전에 실존했던 전설적인 유리알 유희 명인의 일
대기를 쓴 것이다. 동양정신에 심취한 헤세는 고대 중국의
지혜를 수용하여 음양이 합일되는 근본이념을 설정하고, 카
스탈리아에서 전개되는 크네히트의 생애와 그가 단 한 번 찬
란하게 연주하는 최고 유희를 중국적 모티브들로 구성한다.

이 '중국인 집의 유희'는 그 전체가 조화로운 우주질서에 따라 구성되었기 때문에 바로 대우주의 총체적 본질이 된다. 이는 인간이 상상해낼 수 있는 온갖 인류의 보화를 포괄하고, 정신과 자연, 음과 양, 동양과 서양, 선과 악, 삶과 죽음 등 모든 대립적 요소를 융화시키고 있다. 그러므로 완전한 유리알 유희란 음악적이고 학문적일 뿐만 아니라 동시에 명상적이고 경건하게 종교적이다. 즉 모든 것을 조화롭게 포괄하고 있기에 성공적 유희의 목적으로 설정된 결과란 언제나 영원히 성스러운 것, 완전한 것, 순수한 조화, 양극을 초월한 단일성이다. 이 마지막 대작에서도 헤세는 자신의 기본적 문학 이념, 즉 생의 모든 대립적 다양성을 넘어선 종합적이며 조화적인 전일사상全一思想을 서술하고 있다.

이인웅

한국외국어대학교 독일어과와 동 대학원을 졸업했다. 독일 뮌헨대학교, 뷔르츠부르크대학교에서 독문학과 철학을 전공했다. 1972년 헤르만 헤세 연구로 문학박사 학위를 취득하고 1973년부터 한국외대에서 학생들을 가르쳤으며 한국헤세학회 회장, 한국독어독문학회 회장을 역임했다. 지은 책으로는 『현대독일문학비평』, 『헤세와 동양의 지혜』, 『파우스트. 그는 누구인가』 등이 있고 옮긴 책으로는 헤르만 헤세의 『데미안』, 『싯다르타』, 『인도여행』, 『황야의 이리』 그리고 괴테의 『젊은 베르테르의 슬픔』, 『파우스트』 등 50여 권이 있다. 논문은 「헤세와 동양사상」, 「헬레나비극 연구」, 「유리알 유희와 역경」 등 50여 편이 있다.

인용문 출처

인간의 심연을 마주하는 자

大江健三郎, 『個人的な体験』, 新潮社, 1981.

大江健三郎, 『死者の奢り·飼育』, 新潮社, 1959.

大江健三郎, 『大江健三郎全小説 第1巻』, 講談社, 2018.

大江健三郎, 『ヒロシマ·ノート』, 岩波書店, 1965.

大江健三郎, 『沖縄ノート』, 岩波書店, 1970.

大江健三郎, 『性的人間』, 新潮社, 1968.

식민 유산에 맞서는 라틴아메리카의 증언

미겔 앙헬 아스투리아스, 『대통령 각하』, 송상기 옮김, 을유문화사, 2012.

문학이 세계를 바꾸는 방식

스베틀라나 알렉시예비치, 『전쟁은 여자의 얼굴을 하지 않았다』,
박은정 옮김, 문학동네, 2015.

문명이 충돌하는 곳에서 쓰다

오르한 파묵, 『눈 1, 2』, 이난아 옮김, 민음사, 2005.

오르한 파묵, 『순수 박물관 1, 2』, 이난아 옮김, 민음사, 2010.

시적이고 서정적인 언어로 자연과의 합일을 노래하다

J. M. G. 르 클레지오, 『사막』, 홍상희 옮김, 문학동네, 2008.

J. M. G. 르 클레지오, 『폭풍우』, 송기정 옮김, 서울셀렉션, 2017.

J. M. G. 르 클레지오, 『빛나-서울 하늘 아래』, 송기정 옮김,

서울셀렉션, 2017.

양극이 하나가 된다

헤르만 헤세, 『헤세 시선』, 이인웅 옮김, 지식을만드는지식, 2018.

헤르만 헤세, 『헤세 작품선 1: 수레바퀴 아래서/데미안』,

이인웅 옮김, 이유, 2011.

헤르만 헤세, 『헤세 작품선 2: 싯다르타/인도의 이력서/동방순례』,

이인웅 옮김, 이유, 2014.

헤르만 헤세, 『유리알 유희 2』, 이영임 옮김, 민음사, 2011.

강연으로 쉽게 시작하는 노벨문학상 읽기
미루다가 영영 못 읽을까봐

송기정, 심원섭, 우석균, 이난아, 이인웅, 최진석 지음
한국근대문학관 기획

제1판 1쇄   2018년 11월 12일

● ㅎ ㅅㅣ

발행인   홍성택
강의기획   이현식, 함태영,
             김지원, 김효주, 홍은영
기획편집   양이석
디자인   김정현
마케팅   김영란
인쇄제작   정민문화사

㈜홍시커뮤니케이션
서울시 강남구 봉은사로 74길 17(삼성동 118-5)
T. 82-2-6916-4481   F. 82-539-3475
editor@hongdesign.com   hongc.kr

ISBN   979-11-86198-51-3   03800

이 도서의 국립중앙도서관 출판예정도서목록(CIP)은
서지정보유통지원시스템 홈페이지(http://seoji.nl.go.kr)와
국가자료종합목록시스템(http://www.nl.go.kr/kolisnet)에서
이용하실 수 있습니다. (CIP제어번호 : CIP2018033461)